中沙经典和现当代作品互译出版项目
مشروع النشر الصيني – السعودي للأعمال الكلاسيكية والحديثة

欧斯福利亚疯人院

العصفورية

[沙特] 加齐·古绥比 著
解传广 译

五洲传播出版社

图书在版编目（CIP）数据

欧斯福利亚疯人院 ： 馆配版 / （沙特） 加齐·古绥比著 ； 解传广译. -- 北京 ： 五洲传播出版社, 2024. 8. -- ISBN 978-7-5085-5263-7

Ⅰ. I384.45

中国国家版本馆CIP数据核字第2024WM0855号

出 版 人：关　宏
责任编辑：杨　雪
助理编辑：周晓彤
装帧设计：红方众文　张　芳
内文设计：林夕苑　张国平

欧斯福利亚疯人院

作　　者：［沙特］加齐·古绥比
译　　者：解传广
出版发行：五洲传播出版社
地　　址：北京市海淀区北三环中路 31 号生产力大楼 B 座 6 层
邮　　编：100088
网　　址：www.cicc.org.cn，www.thatsbooks.com
电　　话：010-82005927，010-82007837
印　　刷：北京市房山腾龙印刷厂
开　　本：889mm × 1194mm　1/32
印　　张：8.5
字　　数：200 千字
版　　次：2024 年 8 月第 1 版
印　　次：2024 年 8 月第 1 次印刷
书　　号：ISBN 978-7-5085-5263-7
定　　价：68.00 元

前　言

中国与阿拉伯国家之间的友好往来，具有两千年之久的历史。双方均属发展中国家。共同的历史遭遇、当今面临的诸多问题，使中阿人民在政经、外交及文化等各方面相互同情、频繁交流。

最让人感佩不已的是，举世闻名的阿拉伯古代的《圣经》、悬挂于沙特“克尔白”天房的中古时代“悬诗”（七位悬诗诗人中，盖斯是阿拉伯诗歌的开创者）等，很早就被中国人熟知。蒲绥里的代表作《斗篷颂》，1890 年就被译为中文《天方诗经》。《古兰经》及源于《五卷书》的伊本·穆格法的《卡里来与笛木乃》等，对中国阿拉伯语界深有影响，而当今广为传阅的《一千零一夜》和纪伯伦的散文诗等，在我国更是家喻户晓。

中国与沙特的友好关系源远流长。习近平主席于2016年访问沙特，进一步深化了两国政治经济合作，双方就“一带一路”倡议达成共识，从而极大地增进了中沙民心文化各方面的互通。

沙特文学在阿拉伯世界举足轻重、影响非凡。著名作家阿卜杜·库杜斯·安萨里发表于1931年的《孪生子》，被认为是沙特文学史上第一部短篇小说。作品描写了现代西方文明给东方世界带来的一些消极影响，污染了社会风气，毒害了传统阿拉伯穆斯林青年的思想。

沙特出现较成熟的长篇小说家集中在20世纪50年代。代表作家阿卜杜·哈菲兹的力作《希贾兹的黑姑娘》是沙特首部以妇女为题材的长篇小说。他与哈米德．达曼胡尔的代表作《牺牲的代价》(1957)及《岁月流失》的共同点是以现实主义的手法，反映沙特习惯势力在生活中如何束缚人们，尤其是妇女的严峻现实，抨击不合理的现象，以及人们对现代社会新价值观的追求。富有理想主义民族政治责任感的著名作家阿卜杜·拉赫曼·穆尼夫的作品《作家与流放地》(1992)、《黑土地》(1999)等作品，揭露了一些国家对一些左翼青年知识分子的压制迫害、监禁流放情况。其五部曲《盐城》则全方位地描述了阿拉伯国家从贫困到富足的石油暴发史，叫人耳目一新。作品艺术技巧新颖，意识流突出，令读者欲罢不能。

沙特文坛的特点是许多作家兼为诗人，如阿卜杜拉·杰巴尔、阿卜杜·艾布·法赖万等，均有传世诗词名著。小说《欧斯福利亚疯人院》的作者加齐·古绥比亦如此。

加齐·古绥比（1940—2010）生于沙特哈萨，五岁时随家迁居巴林。后于开罗大学获法学学士学位、于伦敦大学获博士学位。他曾任利雅得沙特国王大学讲师、商学院院长、达曼铁路局局长、沙特工业电力部大臣、卫生部大臣以及沙特驻巴林大使、驻英国及爱尔兰大使。

其实，他对诗歌、小说情有独钟。他的首部诗集《珠岛之诗》于 1960 年就问世了。此后他勤奋笔耕，陆续出版了诗集《点滴渴望》《纪念纳比勒》《石头项链》等，影响甚广。他的杂文与文论集《关于这和那》《诗歌在 20 世纪还有地位吗？》《鄙人拙见》等，颇获佳评。他的长篇小说《自由的房间》（1993）、《欧斯福利亚疯人院》（1996），则夯实了他在沙特和阿拉伯世界文坛的地位。

《欧斯福利亚疯人院》一书借一个曾留学斯坦福大学

主修比较社会学的教授的离奇经历，细腻入微地刻画出一个在光怪陆离、纷繁复杂的环境中，冷静深刻敏锐全面洞察社会万象的人物。这位风度翩翩的教授爱过美女无数，表面上是十足的花花公子，却竭尽讥讽挖苦之能事，在混沌乱世中纵横捭阖，针砭时弊，抒发观点，呼吁和平，着实发人深省。由于他对现实不满，又无扭转乾坤之力，而最终失望发疯的故事，辛辣地讽刺了当代阿拉伯世界的种种弊端，对阿拉伯同胞哀其不幸、怒其不争的感慨。

加齐·古绥比被誉为阿拉伯天才的政治色彩浓厚的浪漫主义作家，其小说充满忧国忧民的阿拉伯民族情感和对西方价值观的反感，被誉为20世纪阿拉伯文坛难得的杰作之一。

通过对加齐·古绥比等沙特著名作家作品的认知，可为我国广大读者打开沙特神秘面纱，全方位了解沙特社会，提供有益的借鉴。

解传广

2021年2月

尽管他也会让一些人稍微高兴一时，

但他们最终都会因他而伤心地离去。

——穆泰纳比

献给谁

引 言

教授打开走廊的窗户，高声喊道："萨菲格，萨菲格，马上到我这里来一下！"

一个肥胖高大的护士满脸堆笑地跑到窗前，说道："您好！教授！有什么吩咐？"

"萨米尔·萨比特大夫在哪儿？"

"溜了。"

"怎么，溜了？"

"是的，教授，他溜了。"

"就在我的眼皮子底下溜的？你马上给我联系卡迈勒·夏蒙总统阁下。"

"他去世了。"

“死了？”

“那你快点儿联系萨米·苏尔赫总理。”

“他也不在了。”

“他也死了！那么，现在谁是总统？”

“亚斯·哈拉韦。”

“谁？”

“亚斯·哈拉韦。”

“总理呢？”

“拉菲格·哈利勒。”

“萨米尔·萨比特大夫什么时候回来？”

“明天吧。”

“让他来了后立即来见我！”

“遵命，教授！”

教授关上了窗子。

*　　*　　*

萨米尔·萨比特大夫神色怪异、左顾右盼地走进办公室，教授已经等候在那里。他上前握着教授的手，两人互道早安。萨米尔·萨比特大夫自言自语地说道："万事如意！大厅、厨房、卧室、书房、摄像机、录音机……"

"所有的东西都是物有所值。"教授随意搭话。

"可是，病人没有住在办公室里面的。"

"首先，我不是病人，我是客人；第二，在花花公子的时代，没有像我这样的人访问过他。我并不是什么普通的人。总而言之，这不是我们现在要讨论的话题。坐下吧！"

萨米尔·萨比特大夫乖乖地坐下，打开一个鼓鼓囊囊的纸袋子，从里面掏出来一些卷成一团的纸，眼睛盯着教授，说："咱们研究一下？"

"在研究之前，我要问你，卡迈勒·夏蒙是怎么死的？打猎事件？"

“不，是自然死亡。”

“什么时候？”

“我说不清楚。您为什么对他的死这么关心？”

“他是我的朋友，最要好的朋友。”

“卡迈勒·夏蒙是您最要好的朋友？”

“当然啦！我们曾经在一起打猎，打老虎、猎鳄鱼、捕野鸭。”

“打老虎？您是不是认为卡迈勒·夏蒙死于打老虎事件，并由此产生一系列的联想？”

“不是这样的，没有什么联想，也不必伤心，我们只是曾经在一起打老虎。”

“在什么地方？”

“贝卡峡谷。”

“在贝卡峡谷？老虎在贝卡峡谷？”

“这是久远的事情了，也许在你出生之前呢。那时，贝卡峡谷里有的是老虎，后来让我们全部干掉了！”

“鳄鱼呢？也在贝卡峡谷里吗？”

“你冒傻气！鳄鱼能在贝卡峡谷里吗？我们曾经在底格里斯河猎鳄鱼。”

“在底格里斯河猎鳄鱼？”

“是呀，那个时候底格里斯河里到处是鳄鱼，后来让我们全部消灭了。我们把小鳄鱼都吃掉了，卡迈勒·夏蒙把大鳄鱼的皮剥下来做皮鞋——他所有的皮鞋都是用鳄鱼皮制作的，难道你没有注意到吗？”

“我哪能有这份荣幸呢？”

“那你就相信我说的话吧。”

“那么，你们在什么地方捕野鸭呢？”

“南非。”

“南非？”

“那个时候那里的野鸭洁白如雪，绝对没有被污染成黑色。哎呀，卡迈勒·夏蒙已经不在了，多么重大的损失呀！他是个了不起的伟人。萨米·苏尔赫呢，他在哪儿？”

“他已经逝世好久了，怎么，他也是你的朋友？”

“那当然，他是我最要好的一个朋友。那时我们在高塔上的叙利亚咖啡馆整天玩乒乓球。你可别说高塔上没有‘叙利亚咖啡馆’啊！”

“这我哪能知道呢，也许这是久远的事情了，也许我还没有出生呢？”

“你有多大了？”

“四十五岁。”

“这么小？你还是个孩子，我的年龄和你父亲差不多。”

“那肯定是这样的，教授。”

“你要相信我说的话，我以后再向你解释我年轻外表的秘密，当然啦，这不是我们要说的话题。还是让我们来说说萨米·苏尔赫吧，他原来是黎巴嫩最优秀的乒乓球运动员，尽管如此，他每一次都打不过我。你知道他对我说过什么吗？”

“他说什么来着？”

“他说，教授，在这个世界上每个人都有自己的专长，有的人是面包师，有的人是厨师，有的人是机械手，有的人是皮鞋匠。而我呢，是总理，别的专长就没有了。”

“他这是一种什么专长啊，教授？”

“你不知道吗？你当过总理吗？”

“您就别拿我开涮了，我只是设想而已。”

“这是一个让人操心的差事。”

“您当过总理？”

“我曾经担任过秘书长，这个职务的担子并不亚于总理一职，甚至还要重要些。我的任务是负责大大小小官员的任命。”

“您真了不起！”

“你想象不到那时我有多么为难！没日没夜地应付各种请求，这个要求任命他的表弟，那个想出去当大使，还有的渴望他所有的亲戚都有个一官半职……白天有上千个请求，晚上也不下一千个。”

“这是什么时候的事情？”

“老早以前了。”

“在什么地方？”

“在阿里比斯塔四十八号。”

“您担当此重任有好长时间吧？”

“差不多有两个月，或者两年。我是活爱因斯坦呀，大夫。”

“活爱因斯坦？”

“你听说过爱因斯坦吗？你肯定听说过。就是发明创造者，也许是发现者。就是说有一半观点是我的，另外一半是人家的。爱因斯坦创造了相对论，有一半是他的，至于另外一半嘛，那就是我的，是我发明的。我发明了 $E=mc^2$ 这个著名的公式，它的含义也许是时间，也许是爱人，也许是敌人。当然，你是不会明白的。简单地说，比如你与爱人在一起的时间只相当于你与敌人相处的千分之一。我绝对不在乎传统的时间概念。尽管我并不期待你理解物理学公式，但是我想你也许已经读过关于爱因斯坦后期的一些著作，说他曾经打老婆，和他的外甥女同居。奇怪的是，我的朋友海凯勒没有揭露这样的事情。听着，大夫，希特勒就曾经和他的外甥女同居，法拉第和他的小姨子同居，爱因斯坦曾经……”

“请原谅，教授，咱们是不是再回到秘书长的话题？”

“奇怪的现象！心理学之父、导弹之父、纳粹头子……怎么不和他们的妻子睡觉？”

“教授，秘书长。”

“好，好，这是一个让人操心的烦躁不安的差事。”

“烦躁不安的差事？”

“贿赂，贿赂，不断地贿赂！让我生不如死！那些想让我任命侄子的人带来母鸡，要求当大使的送来了地毯，想到伊朗去的，送伊朗地毯；想到中国去的，送中国地毯；想到土耳其去的，送土耳其地毯；想到美国去的，送美国地毯。那些想让我任命他所有亲戚的人，带来了冰箱。我被折腾得筋疲力尽。第一个库房里全部是母鸡，我只得把它们转移到养鸡场，那里已经有上百万只母鸡，却只有一只公鸡，这只公鸡非得累死不可。第二个库房里装满了地毯。第三个库房里到处是冰箱，十万台冰箱。”

“只凭任命，您就发了，教授！”

“任何事物都是相对而言，真正的富有是心理的富有。你是不是认为自己心理上是富有的？”

“感谢安拉！”

“你怎么能够不感谢安拉？在贝鲁特有别墅，在伦敦有豪宅，在法国南边有庭院，在纽约有可观的收益。”

“怎么……怎么……您怎么知道这么多？”

“只不过是预防性的侦察手段而已。你肯定会知道我的一切，所以我必须要了解你的一些事情。但是，你不必担心，你的秘密还在保密当中，我不会说出去一星半点儿的，甚至你与那个在蒙特利尔会议上相识的金发女心理医生的关系，亦在保密之列。”

萨米尔·萨比特大夫的脸红了，低下脑袋，默不作声。只听教授继续说下去：“你别怕！我们谈什么来着？”

“秘书长。”

“你要相信，我对你说过……”

“请原谅，教授，咱们能不能认真地讨论？”

“那是当然啦！可是，你听着，大夫，说一些轻佻的话，也是很正常的。你不要问我你记不记得你母亲的子宫，也不要问我你什么时候第一次感受到性快感，更不要问我在我还是孩子的时候我祖父就调戏我的父亲；你别问我此类笑话、无稽之谈。你那里有四个卷宗，包括所有的情况，所有的。约翰逊医生在蒙特里诊所的卷宗，你听说过蒙特里诊所？当然，你在美国留过学；英国大夫在白拉克布勒诊所的卷宗，那是英国的一个很出名的城市，诊所里有儿童乐园；瑞士医生穆恩逖斯克易在日内瓦诊所的卷宗，那是世界上最奇特、最高档的诊所，专门为大人物、大富翁服务的。你知道谁在那里治好了眼睛？你别忙问，我以后会告诉你的，我将告诉你所有的一切。至于第四个卷宗，是谁的？谁是我当时的医生？”

"艾勒比尔·扎阿特尔医生。"

"说对了，他现在在哪儿？"

"他已经去世了。"

"他死了？所有的人都会死的，他是怎么死的？"

"在战争中，一颗流弹击中了他。"

"什么战争？"

"内战。"

"美国？西班牙？"

"黎巴嫩。"

"在黎巴嫩的内战？真不可思议，内战需要许多墓穴，差不多所有的人都会死亡，一百多万人只会留下少数人。"

"没有全部死亡，难道您没听说过黎巴嫩内战？"

"我那时很忙，我讨厌所有的人，讨厌亚洲人、非洲人、欧洲人、拉丁美洲人，特别是阿拉巴斯坦人。这也是相对而言的事情，一会儿是人民，一会儿是民族，一会儿又是联合国。我是个比较学者，我并不反对这样划分，但是我讨厌他们，不管是人民，还是民族、联合国。总而言之，我反对全人类。当然，这不包括我的朋友们、你的美国朋友，以及部分西欧人。你知道希特勒，那个曾经和他的外甥女同居的人，他是个素食主义者；他打死了许多犹太人，在我看来希特勒是个权欲极强、肆无忌惮的人，他是鳄鱼中的佼佼者。"

“等会儿我们要回到童年时代，你会问我：‘您妈妈打过您的后脑勺吗？您愿意挨打吗？您的祖父或者叔叔、舅舅奸污过您吗？’我不喜欢希腊，不喜欢它的神话故事，一个瞎子跟他妈同居，放屁！在埃及，人们把希腊人称作老师，后来所有的外国人都被称为老师。你去过埃及吗？”

“是的，去过几次。”

“啊，假如你在苏伊士运河剪彩仪式的日子里、《阿依达》演出期间去的话，那会更好。”

“教授，您出席了这些仪式？”

“你是不是认为我是个疯子？这些都是发生在很早以前的事情，在你出世以前，也许在我出世以前。你知道埃及首都为什么叫作开罗吗？你不知道，为什么不问我呢？这里面有三种观点，第一种观点是法蒂玛家族的部将攻占了古埃及，并在那里安营扎寨，遂予以命名。‘开罗’即征服者的意思；第二种观点是，原来那里有个旧城堡叫作开罗，所以整个城市便由此命名；第三种观点是我个人倾向的观点，所以是正确的，按照旧城市建筑的习惯，要根据占卜者计算的结果敲定的。你现在是什么职称？”

“助教。”

“你看看，助教，而我是百分之百的教授！你肯定会每日每夜、每时每刻都想到自己的窝囊。你要相信我，你仍然是半个教授，而我却是整个教授。‘天上和人间的东西要比你想象的多。’你知道这是谁说的话吗？莎士比亚。你知道越来越多的人在怀疑莎士比亚吗？有人说：‘莎士比亚的著作实际上出自弗兰西斯之手。’现在又有人说：‘这些著作是一个委员会编写而成的。’委员会？什么委员会？什么原因？搞不清楚。说实在的，任何一个人都难以完成那样恢宏的巨作，囊括丰富的地理、历史、语言、心理学知识以及诗歌、典故。‘甚至接近死亡的时候，我们都摆脱不了忌妒心理。’这句话体现在我们的小说中：一个受到邻居们忌妒的人，在人们面前称他将要和大人物们一样变成僵尸。邻居们竟然也忌妒他将要变成僵尸。我认识一个清真寺的宣礼员，他同时也是法院里的看守，这个居民区的居民忌妒他一个人拿双份工资，于是向有关部门反映。有关部门不分青红皂白卡掉了他作为宣礼员的工资。可是，这位虔诚的穆斯林自己继续不要报酬地干宣礼员的工作。尽管如此，居民们还是忌妒他，甚至忌妒他的穿着打扮。真是毫无办法！那些人忌妒莎士比亚，分明是忌妒他的天才。”

“委员会？想当年我当部长的时候，我每天都要组成一百个委员会。我并不想取消职位，只是为了减人，可惜的是一个人也没有减少，副部长就造了一大堆。他们各个生活得舒适、优越、身体健康。可是，除了委员会的成员，那些人却每况愈下。离休的职员中，凡是不在委员会的人都相继死去。所以，你若是想要干掉谁，你就别把他安排到委员会去。”

“对不起，教授，您什么时间任部长来着？”

“很早以前了。”

“在什么地方？”

“在阿里比斯塔四十九号。”

“什么部长？”

“重要事务部部长。这个问题以后再跟你说。至于现在嘛，如果你能够告诉我《拯救依卜利兹》的作者是谁，我立马就付给你一万美元。”

“我哪里知道这个呢？”

“好吧，他是拉法阿·拉菲阿·塔哈塔维，是个长老，第一位被派遣到巴黎的埃及学者代表团的伊玛目。尽管如此，他也没有摆脱世俗的偏见。你知道吗？这种偏见只有少数人认可，其中多半是富有的娇生惯养之人。”

“你是不是也没有幸免？你不认为是这样的？不，这是全人类性质的，没有人能够避免。比如，你的手表是日本制造的，你的妻子是西班牙人，你的衣服是意大利的，汽车是德国制造的，护照是美国的，西装是英国的，你的公证书是奥地利的，情人是加拿大人……”

“这么一说，我就算是个世界人了。”

“你别慌，这是一种疾病、杀手，但不是致命的，它可以毁灭一个民族，但是不会消灭每一个人。相反，个人还会从中获得好处，尤其是委员会的成员们。它如同艾滋病一样在全世界肆虐呀！甚至于塔哈·侯赛因也不能幸免。他从学校毕业后，到爱资哈尔做长老，他希望把埃及变成地中海的一部分、欧洲的一部分。我没告诉过你，塔哈·侯赛因是我一位要好的朋友吗？”

“我喜欢他，他也很喜欢我。我们的关系很好，我模仿过他的声音、他的作品，他从来都没有生我的气。我们之间的亲密关系持续了很长的时间，后来他讨厌自己的名字，把‘塔哈’加了长音。我对他说：‘有一条红线，谁也不能越过，你也不例外。’可是他却执迷不悟。他是一位了不起的人，又是一个执迷不悟的人。他还是个怀疑主义者，怀疑一切人、任何事物，甚至我也在他怀疑之列。他说我从他那里偷窃材料交给拉菲阿·穆斯塔法·萨迪格。拉菲阿——一位名声显赫的文学家、诗人、散文家，在宗教、民族诗歌大赛中多次获奖。他曾经在坦塔法院担任书记员，他的耳聋情况越来越严重。后来，他陷入比耳聋更为严重的境地——陷入‘眯眯’的情网！”

“‘眯眯’是谁？她可是个值得进行心理研究的人物啊。我喜欢所有的书，尊重埃及的作家、诗人们。这些作家、诗人们全都喜欢‘眯眯’。他们争先恐后地创作数不尽的诗歌、小说、故事、随笔来表达他们对‘眯眯’的爱意。我毫不夸张！他们竭尽全力地吹捧她又相互忌妒。我认为她是个奇怪的人，前所未有的人。我讨厌‘发明’这个词，他们发明的词简直是登峰造极。甚至可尊敬的法官伊斯玛仪·萨布里亦不例外。他是个奇怪的人，好像只是为了星期二活着。我并不知道星期二他都干什么，只是看到他写过的诗歌中有这样的诗句：‘假如我明天看不到眯眯，那么星期二就不要出现。’我不知道星期二发生了什么，但是，掌握生杀大权的法官发出了威胁的语言。”

“对此，拉菲阿写了两本书——《红云》《伤心的书信》，可是没有人能够看得懂，连我也一样。说实在的，连我也看不懂的东西，那肯定没有人能看懂了。你还别说，后来有一个人说他看懂了，他就是阿格德。他是个真正了不起的人物。我和他是一对亲密无间的好朋友，他多次向我提起‘眯眯’，说他是唯一的一个得到眯眯芳心的人。他对我说：‘她为我而痴迷、疯狂，她只为我才打开她的文库，她只对我钟情。’他创作了歌颂我的诗歌，他是位了不起的大诗人，发表了二十多部诗集。可是，只有我保存了他的作品。他的诗歌有点儿朦胧诗的味道。你听吧：‘我们之间产生了爱情，我们为之欢愉……它被扼杀在摇篮中，多么可惜呀！它没有玩乐、没有看到世界……它不知道父母是谁，多么令人心寒！’多么优美的诗句！我感觉到‘眯眯’没有回应他那真挚的爱情，所以他要进行报复。于是，他写了小说《萨拉》，这是他唯一的小说，公鸡的蛋！公鸡下蛋当然是神话，因为公鸡是不能下蛋的，哪怕只有一次。”

“所有的文学家甚至塔哈·侯赛因都感觉到他需要写一部小说，他在这部小说中给‘眯眯’取了个名字叫‘汗德’，他用埃及人习惯使用的手法，表现主人公喜欢‘萨拉’而忽视‘汗德’，‘汗德’恼羞成怒，进行报复。我想，‘眯眯’最终觉悟了，他们关系不错。”

“但是他的神经受到刺激，变得反复无常。有一天，我去看他，穿了一件红色的外衣，没有想到他居然激动万分地冲我大喊大叫道：‘大王，快脱掉它！’他称我为‘大王’显然是具有讽刺意味的，平时他总是称我为‘教授’的。我问他：‘你为什么让我脱掉这件外衣？’他怒不可遏地说道：‘红色，红色，我一见到有人穿着红色的衣服，我就不舒服。’我连忙对他解释说：‘你应该理智些，这件衣服是昨天我生日晚会上埃及著名的女演员卡密莉娅送给我的礼物。’我不提卡密莉娅则已，一提她的名字，他竟然暴跳如雷疯狂地叫道：‘滚出去！安拉的敌人！’原来，卡密莉娅是个犹太人。我也生气了，毫不客气地对他说：‘你该受到诅咒！你这个红色的敌人！你是个骗子，眯眯从来就没有爱过你，大王！她讨厌你，大王！’我的话还没有说完，就看见阿格德神经质地摔掉头上灰色的帽子，又脱掉身上灰色的长袍，接着又疯狂地亲吻我，搂着我的脖子。我受不了啦，撒丫子就跑，一阵风似地离开他。”

“当然，那时是在开罗的七月，天气灼热，一点儿风也没有。从此以后，我再也没有见到他。也许再也没有人跟他对着干了，他是个忌妒狂，但是，他没有战胜过任何人。敌视与忌妒是科学家、文学家、天才学子们的大敌、瘟疫。”

“现在你听我给你讲‘忌妒者之父’与赛义夫·道莱之间的故事。他曾经对我说：‘赛义夫·道莱忌妒我，教授。’我问他：‘他为什么忌妒你呢？正如人们所说的，你在我们老家那里是没有位置的，到底为什么？’他说：‘赛义夫·道莱是个写打油诗的小诗人。’”

“他是‘小诗人’？我可没有听说过，从来没拜读过他的诗歌作品。”

“是的，他的诗歌没有印刷成书。也许是因为他只是个小诗人而已，或许他是个口头诗人。重要的是他对我说：‘赛义夫·道莱希望成为一个诗人，哪怕是像我这样的诗人。他为了成为诗人甚至准备放弃他的财富。尽管我们之间存在忌妒心，假如没有那个希腊宫女，我们的关系还会保持下去的。’我问：‘什么样的宫女？’他说：‘教授，你知道，赛义夫·道莱从罗马俘虏了一个希腊美女。他不仅不归还，而且还准备把她转交给他的表弟——一个经常独自与鸽子说话的、疯疯癫癫的人。但是，最后他还是决定把这个宫女留在自己的身边。他显然非常喜欢她，为她建筑豪华的宫殿。他不停地吟诗歌唱：

我的双眼离不开你美丽的容颜，
心潮澎湃把你拥在面前，
人们的忌妒使我心急如焚难以自拔，
只望你远离把爱情留身边，
不得不离开偏偏怕难见，
翘盼在一起又不能共眠。”

“他就这样自吟自唱，没有人能够干涉他，这是他的权利，任何人都有权利吟诗作画，宣泄内心的情感，这也是联合国公布的人权。根据国际大赦组织的规定，即使他的诗歌低级下流也不能压制他情感的流露。难办的是他要求我对他的大作提出自己的看法。我只好说：‘您的诗歌美极了，妙极了！’他说：‘我的诗歌并不是什么矫揉造作的东西，我可能对什么都粉饰夸张，唯独诗歌例外。’我们讨论了诗歌创作特色，我提出了自己的看法说：‘整篇诗歌是不错的。当然有一些看法，具体地说，第二段中间你用了‘喜欢’这个词，没有什么意思，可以删掉，并不影响整篇分量。这让我想到第一段中的‘我没有减弱对你的思念’，这是多余的、没有益处的。在第三段里，你显然是想将远近结合起来，但是，实际上你把远处的与现存的结合了起来。至于第四段嘛，还是挺好的，建议你保存下来。这样吧，你把这诗寄到哈里布的出版社去，看看他们怎么说。我说了些自己的看法，也许使你为难，你就把我对你作品的评论，看作是律师的意见吧。他说：‘你说完了，就走吧。这也是我的诗。’效果后来如何？情况更加糟糕！”

“你知道吗，‘眯眯’迷上了纪伯伦·哈利勒。他是黎巴嫩的著名诗人，他的纪念馆离我们这儿不到一个小时的路程，我去参观了几次，那是个墙面装饰着深灰色的房子，你一定要去参观。纪伯伦曾经是三流画家，他的画作充满了宗教含义，而且使你仿佛置身于十字军战争之中。我在这里要说的是‘眯眯’爱上了纪伯伦，她给他写去许多热情似火的信笺。她在信中写道：‘夕阳西下，隐没于地平线，云彩斑斓如画，曼妙的云层中显现出晶亮的星星，犹如朵朵美丽的小花，映入人们的眼帘，那是爱情的礼物。您难道不认为那就如同人间情景，人们互相爱慕、向往着吗？只要留心观察就不难发现那里有像我和纪伯伦这样的人，他们既遥远又贴近。现在，她正在给他写信，向往充满天际。你知道，黑夜过去是光明，白天过去是晚上，如此周而复始，无穷无尽。她内心的爱意在不断浓烈，尤其是在夜晚。她现在要放下手中的笔，而心里却始终燃烧着一个名字——纪伯伦。’说实在的，假如是我收到‘眯眯’这样的情书，我肯定会迫不及待地即刻赶往驶向她的第一艘轮船，或者一头扎进大海拼命向她游去。”

“可是，纪伯伦都做了什么？他给她回了一封信，写道：‘我们希望得到很多，得到所有的一切、全部。我现在身处翘盼的牢笼中，当我出生之时，这些期盼就伴随我成长。我现在被陈腐的观念束缚着，一年四季那样陈腐……’这是什么情话？即使在信的末尾也没有显露出一丝温情：‘现在，请把你的额头、甜美的额头伸过来吧，安拉祝福你、守卫你，我亲爱的内心的朋友。’哎呀，怎么不说脸蛋、脸颊、朱唇呀，纪伯伦！我个人认为纪伯伦没有爱过‘眯眯’，他有怪癖。他也许喜欢美国女人、法国女人，但是她们中的妙龄女郎却没有爱过他。至于老太婆们，就另当别论了。请记住这句诗吧：‘我们为伊拉而倾倒，她却为别人而疯狂；那些为我们而疯狂的人，却是我们所不喜欢的。’记到你的本子里面去吧，并且把它翻译成英文、法文、德文。然后，你到心理学大会上去朗诵吧！你读过纪伯伦后来发表的书吗？那本书被认为透露了纪伯伦有非正常性爱怪癖。”

“听说过。”

“听说过，很好。那里面充满了性爱描写，只有心理学医生才能够理解。我个人并不认为纪伯伦有性怪癖，米哈依尔在他的书中说纪伯伦有性怪癖，说他在十四岁时爱过一个比他大的女人。这不能说明纪伯伦有性怪癖，而是比他年长的人喜欢他而已。这个问题值得探讨。再说说‘眯眯’吧，这个被整个时代的文人雅士、天才学子们青睐的姑娘的晚年是在调情、疾病和孤独中度过的。甚至有人把她当作疯子、精神病人了，她的面前呈现一片黑暗。实际上在她进入那个怪圈时，她的面前才呈现一片黑暗，而当她走出这个怪圈以后就是光明。”

“教授，‘眯眯’并不是我的病人啊。”

“你这是什么意思？难道我是你的病人吗？我到你这儿来并不是为了看病的，而是来聊天的。你一分钟一百美元在这里给病人看病，不如听我一席话值钱。我现在要说说埃及前总统安瓦尔·萨达特。所有的老师都是他的朋友、亲密的朋友，但是，他从来也没有会见过什么老师，共和主义者把这称为民主，那些民主主义者没有纳税，反对强加给他们的一切。尼克松、卡特是他的朋友，亨利、贝京是他最好的朋友。当然，我奉劝你不要介入政治。”

“我认识的大部分心理学家都远离政治宣传，也许在他们为病人看病的时候，不得不进行各种分析，包括政治因素，以便了解病人的内心世界，甚至要了解他们在幼年时代怎样受祖父的教育。或许在那个时候他们就已经被传染病感染了。”

“你知道心理医生是自杀人群中最多的人吗？与他们相媲美的只有口腔科大夫，口腔病人张着大嘴喷出来的恶臭气味并不亚于大象放的屁，在这种情况下，任何自尊心很强的人都会去自杀。你是心理学医生中的一员，你们认为一个人常常因为愉快而笑容满面。但是，可笑的事情千差万别，不仅因人而异，而且因不同的民族习惯而不同。例如，阿拉伯人如果看到一个人从椅子上摔下来，磕碰了后脑勺儿，就会大笑不已，类似的情景在阿拉伯的电影、戏剧里面屡见不鲜。搞笑不是什么毛病，而是一种习惯。英国人的特点自成一体，他们的笑颜是逐渐展开、深化的。他们的语言表达以幽默见长，也许十分隐蔽，往往藏而不露，颇耐人寻味。对于一句幽默话语，往往要三次才能笑完。首先，仅仅是听；其次，听懂了；最后，品味到了。如果你走在伦敦的街头见到一个老人似乎在毫无原因地失笑，你千万不要大惊小怪、惊慌失措，更不能把他送到医院去。久而久之你就会弄明白，他也许突然想起在第一次或者第二次世界大战期间听说过的一个笑话；他也许是个旅行者，在返回祖国以后，才弄明白自己在国外听说的一件事情。我和你的美国朋友们也有好多笑话，多半是讥讽外国弱者、疯子的。因此，关于波兰和俄国的笑话就不胜枚举。”

“我是诗人、小说家、剧作家、专栏作者、主编、制片人、哲学家、教授，我极端推崇艺术创作自由。尽管如此，我还是认为有些提法不妥当——伊斯兰并不会因为一个人死去而消亡，甚至于安拉的使者，没有一个人说过由于他的逝世伊斯兰就结束了。”

“每个民族都有自己的风俗习惯。英国人喜欢法国香水，法国女人偏偏喜欢东方男士。我不吸法国香烟，它的味道使我呕吐，而美国香烟却是我的最爱，因为它的尼古丁适合我的口味，制作工艺也很精湛。这就如同美国的精确制导炸弹似的，一打一个准儿。与此同时，它们告诫自己的国民小心尼古丁的毒害，多么‘聪明’的香烟！”

“所有的人都有自己的观点，因此就产生了数不清的观点。姜能够祛寒治疗咳嗽，黑色的猫带来厄运，鱼和西瓜同时吃对身体有害，学自幼年功在晚年……这些高论大部分被束之高阁，如果要得到证实，那就需要千锤百炼，而且要在许多次的实验后才能得到共鸣。有的被接受，有的却被否定。许多人认为科学的论点不需要讨论，有的则不相信别人的，只相信经过自己亲身体验的东西。于是，他们反复试验，最终把它形成法律、规定。但是，法律终究是有限的，而观点却是无穷的。法律往往是难以改变的，而观点却是日新月异的。我亲身体验过证实法国女人确实对东方男士感兴趣。说起来那还是我在法国学习期间，许多法国女人对我感兴趣，你要知道‘兴趣’与‘爱情’是两个概念。感兴趣是初步的；接下去是建立关系，一种内心的爱怜；再下去是爱慕，就是进一步的爱情；接着就是渴望、迷恋、癫狂、热恋、服役、相随、撒娇、迷乱……由于她们对我过于迷恋，结果发生了许多悲惨的事件：库利特自杀了，玛利娅杀死了她的丈夫，法兰苏娃尔成了修女。”

“正如艾哈迈德·邵基所说：‘五颜六色的白天让人们将夜晚遗忘。’我认识许多名声煊赫的人物，比如阿兰斯特，小说家，用猎枪自杀了。我不是枪支专家，卡迈勒·夏蒙是这方面的专家，他至少有四千多支枪。一天早晨，他打开家里大厅的玻璃柜子，从里面取出一支枪，对准自己的脑袋，扣动了扳机。你知道他为什么自杀吗？——你应该多读书、看报——他多次住进医院，他得了绝症，长期遭受病痛的折磨。但是，这一切都不能成为他自杀的原因。”

“大部分走进神经病医院的人并没有自杀，而且大部分自杀者并没有住进神经病医院。百分之九十九点九的阿拉巴斯坦人患有神经病或者心理方面的疾病，但是他们并没有全部自杀。我的印象或者观点是阿拉巴斯坦富人的苦难是阿拉巴斯坦穷人造成的，阿拉巴斯坦穷人的苦难是阿拉巴斯坦富人造成的；统治者的忧愁是被统治者造成的，而被统治者的痛苦正是统治者造成的；医生的劳苦是病人造成的，病人的痛苦是医生造成的。”

“假如我有时间的话，我真想写一本关于汉迈格瓦自杀的书。你要好好保存，并且据此写一份报告到你们的心理学大会上宣读，也可以讲给你时髦的女朋友听。你要知道我是写小说的，特别是科幻小说。”

“你知道历史上最优秀的科幻小说是谁写的吗？他先于瓦里特·迪兹尼几个世纪揭露了歪门邪道的法术和扑朔迷离的飞碟，我从小就迷恋他的小说。我上学时听老师讲，阿拉伯文学只是在二十世纪以后受到西方的影响才认识了小说。这真是无稽之谈！他们就是这样误人子弟！如果真是这样的话，那么，如何解释《安塔尔·本·萨达德》《有主见的公主》《扎伊拉·萨利姆》《顺从与怒吼》等，还有在阿拔斯王朝时期波斯的《列王记》《卡里莱与迪木乃》《阿因纳迈》《希扎尔·埃夫萨乃》等，这些早期作品难道是在二十世纪以后受到西方影响的小说？众所周知，世界名著、绵延数千年的《一千零一夜》难道也是二十世纪以后的作品吗？他们妄称阿拉伯的许多名著在二十世纪受到西方文学的影响，实际上英文只是在五个世纪以前才出现，而我们的小说家早在十五个世纪以前就很活跃了。尽管如此，他们妄称我们的文学移植于西方小说！多么愚蠢，多么无知，多么可笑！”

“汉迈格瓦生于打猎成风的时代，他天生喜欢打猎，而且善于打猎。也许他出生于一个错误的时代，他从小迷恋拳击，用拳头猎取对手，后来就猎艳，经常追逐女人，同时射猎各种动物，不管什么动物都打，大象、老虎、鳄鱼、狮子。你不要以为狮子是兽中之王，其实它是大懒虫，非常贪睡，只有在饥饿的时候才动弹，而且当猎物到手后，母狮先饱餐一顿。”

“也许因为这个原因，我的埃及朋友把追逐男人的女人称为‘母狮’。在非洲，兽中之王是野牛，野牛对射猎者的威胁很大。在他的作品中多次提到猎人死于野牛攻击之下的情景。我把他称为‘父亲’，我的一些亲密的朋友也这样称呼他。你可以认为我对他的称谓是有前瞻性的——‘前瞻性’这一表达是很妙的，比如某些专门的方向，巴勒斯坦人的合法权益，以色列的安全线，关键的斗争时刻，等等。你读过、看过《老人与海》这本书和电影吗？原著比电影要好。‘老人’就是他，故事是象征性的，鲨鱼把大鱼吃了，当‘老人’来到海边时，看到的只是一堆骨头。这是不是一种象征？他什么鱼也打不到了，大鱼只剩余一堆骨头。”

“由此你应该理解他为什么自杀了：当他什么也猎取不到时，他深深地感到失望和孤独，他觉得活下去已经没有什么意义了。这时，他的脑海中闪现出一个惊人的想法。正如奥斯卡·威廉所说：‘所有的人都会消灭他喜欢的东西。’奥斯卡是爱尔兰人，他一生都在嘲笑英国，写了许多有趣的讥讽英国的小说。英国把他投入监狱，罪名是性变态。”

“你知道英国人是如何对待拿破仑吗？他作为一个年轻的将军率领大军进入埃及时，曾经对一个美丽的女人布琳佛丽耶感兴趣，可是，她是他下属的一个军官的妻子。于是，拿破仑把这个军官发往法国去执行‘公务’，以便自己与他的妻子幽会。不料，英国人在公海上截获了这个军官所乘的船只，他们把他扣留，但是没有杀他，而是把他体面地送回埃及，巧妙地打乱了拿破仑与其妻子的甜蜜生活。英国人的计谋成功了。此后，拿破仑长期受到‘性爱’的困扰，女王的欲望极强，而年仅三十八岁的国王却在这方面力不从心。英国人在这个爆发性的计谋中打败了他们的对手。拿破仑腹泻严重，滑铁卢之役葬送了一代英豪。”

“我还要强调射猎者与猎物之间的关系。他们两者之间矛盾重重，有时是对立的关系。猎物往往藏身隐蔽，射猎者千方百计要找到它并且据为己有。猎物藏在女人的怀抱里，猎人也要猎取它。他打猎一直打了十五年啊，最终对猎枪厌倦了，于是他写了一本书《永别了，猎枪！》，事实往往比想象还要离奇。”

“我是在巴黎认识他的，我问他：‘你在这里都干什么？’他说：‘我在写小说。’我问他：‘你对巴黎的印象如何？你是在写巴黎吗？’‘不，我在写西班牙。’我奇怪地说：‘这真是怪事，你在法国写西班牙？’他说：‘巴黎只不过是巴黎。’”

“我在巴黎还见到过詹姆斯·祖威斯，著名的小说家，他能够认出我真是不容易，他高度近视，那个时候的眼科绝对没有现在这样发达，眼睛科学的奠基人是伊本·海瑟姆·詹姆斯。祖威斯患梅毒，我问他：‘你在这里干什么？你把那充满忧伤的酒馆交给谁了？你怎么能够离开那些酒鬼？谁去绘画艺术家的肖像？是个年轻人？’显然，在这些问话中含有文学期望，我并不期盼他的理解，但是詹姆斯·祖威斯理解了，尽管他的糖尿病已经很严重了，也许进入晚期了。但是他每天晚上依然烂醉如泥，他与好心的老人们相濡以沫——老人们更加喜欢文学家、诗人。我对詹姆斯·祖威斯说：‘你在这里到底干了些什么？’他说：‘我在写不朽的小说。关于纪伯伦的，以犹太男人的眼光，从背叛了他的妻子的角度去写。’我问他：‘你为什么要写他？’他对于巴黎显得不屑一顾的样子，奇怪的是，他和那些纷纷光临巴黎的阿拉伯许多文学家一样也迫不及待地来到巴黎。有一天晚上，我在香榭丽舍大道散步，边走边嚼着法式面包。我倒是想建议在二十世纪推广那种与法式面包相结合的黎巴嫩面包，并且使它得以世代相传。突然，我看到了陶菲格·哈基姆，我顿时不由自主地向他靠拢，边走边失声大叫：‘真不可思议，难道真的是你吗，陶菲格·哈基姆？’他说：‘你不是看到了吗？’我问：‘那头毛驴在哪里？’他说：‘在亚历山大。’‘为什么？’‘村长成功地说服法院将它送进危险动物监狱里去了，罪名是它太爱嚼舌头了。’”

“你别相信那些人说陶菲格·哈基姆是个吝啬鬼。那些人在说谎，他们厌恶某个人，便千方百计地诽谤他、诋毁他。快，给我来杯土耳其咖啡，多加些糖！”

“您在法国住过？”

“是的，那也是很早以前的事情了。那时法国有许多土耳其人，经常听到人们在高声喊叫：‘喝土耳其咖啡吧，我是你的主人！’土耳其咖啡是名贵的，我没告诉你我讨厌土耳其人？当你看到有人在喝土耳其咖啡要求多加些糖时，你千万别以为他是个贪得无厌之人，也不要认为他是女人的敌人。那时，他爱上了一个法国女人，他叫她‘纳利娅’。我问他：‘你在巴黎干什么，陶菲格？’他说：‘在写一部小说。’‘书名是什么？’‘《东方来的鸟》。’‘你就是那只鸟？’他的脸面泛起红晕。他喃喃自语，尽力说法语，却不那么地道。依我愚见，他并没有在巴黎学习法语，而是在用阿拉伯语写作。但是，如果你读他的作品，我不认为你能够读得懂。任何人都不应该轻视黎巴嫩的学士学位，你的学士学位作品是《菩提树荫下》？”

“是的。你是怎么知道的？”

“俗语说：‘想象不出来，就做不出来。’曼富卢是历史上最伟大的翻译家，他翻译了七部法文书，却一个法语单词都不会，这个可怜的人甚至没有去过法国。如果他去了，他就会著一部小说《东方来的笨鸭》。他翻译过《努特尔曼的弯刀》，奇怪的是书名却被他翻译成了《努特尔曼的驼背》，我并不了解菩提树，你应该知道的。”

“我也不知道。”

“如果我什么也不知道的话，那么你可以认为我是一个有小耳朵的人，听不清楚从遥远的地方来的贝都因人都说些什么，我把他们的话埋葬了，就如同埋葬一只猫。在巴黎你会遇到许多怪事情。有一天，我在拿破仑的陵寝旁边，听到一阵窃窃私语声，似乎挺押韵、有节奏，有点儿意思，这引起了我的注意，便身不由己地走过去。突然，我发现诗圣艾哈迈德·邵基出现在我的面前！我向他致意，对他说：'你好啊，艾哈迈德·邵基，你在这里干什么呀？希望你不要对我说你在写小说。'他说：'你是不是以为诗圣不能写小说？'我说：'不，写小说是个苦差事，需要量身定做。你为什么在这里？''我在吟诗。'邵基没有同流合污，好运气！他没有加入兴高采烈之流，而是进入二流多愁善感之列。我不清楚二流多愁善感之列是不是比一流的要好，级别在任何地方都能够得到体现。邵基把自己提升到兴高采烈之流中去了。他执意自称为'帕夏'，而塔哈·侯赛因本身是真正的帕夏，阿齐兹·阿巴兹也是真正的帕夏。阿齐兹·阿巴兹是一个与评论家、读者相处得并不愉快的诗人，如果没有国王、王子们吟唱诗人的作品，他就是个默默无闻的人，只有一些末期的帕夏们对他略知一二。他的确是个天才的诗人，同时还著作了一些舞台诗剧，其水平并不亚于比兰瑟，也许还要高些。其中的《拉希德的妹妹阿巴瑟》证实了关于杰阿发尔·巴尔梅基婚姻的一些轻飘的传闻，使得他和百尔麦克人的婚姻更加具有悲剧色彩。伊本·哈勒杜是这种谎言的优秀传播者。他提到其真正的原因：争权夺利。其危险性在于被统治者较之统治者将变得更加具有人民性，特别是在这些剑客们兴高采烈而国际大赦组织尚未开始活动的日子里。”

“邵基作为诗圣，是逝者和活人、男人和女人心目中的圣人。尽管如此，他仍然热衷于‘帕夏’这个称谓。虽然我知道他喜欢并习惯人们叫他另外一个称谓，还是习惯于叫他巴兰瑟。为的是要激怒他，忌妒，忌妒！我问他：‘诗歌的题目是什么？’‘《拿破仑》，我写了关于拿破仑的诗歌，——今天我来到他的陵寝前是为了让他听这首诗。’‘他能够对这首诗感兴趣吗？’他冒火了，对着我的脸大骂不止。他经常在人们面前大声朗读他的诗歌，他确实不善于朗读诗歌，常常由别人代读。这有点儿像巴哈特里，他曾经激怒了马姆杜哈，不仅把诗扔掉了，而且宣布撤销了对他的奖励。也许还让人抽他嘴巴子了，或者派人把他扔到并不太深的湖里。”

“阿里·佳里姆朗读邵基的诗，一首一首地朗读。我不知道巴兰瑟为什么生气了，他对我说：‘他到这儿来是为了让国王听一首诗。’我接着问他国王听了以后有什么反应时，他冲我大叫道：‘他提醒我说，杰利勒曾经写过一本书，是关于贝都因人的。他在序言中写道，他曾经到这个贝都因人位于坦塔的墓地与他话别。’我们对人们说：‘不要拜谒坟墓！’他们说：‘瓦哈比派！’我们对人们说：‘不要崇拜人类！’他们又说：‘瓦哈比派！’巴兰瑟在人们面前朗读他的诗歌。一次，他对一个服务员大发雷霆：‘如果众人性情变坏了，那就为他们举行追悼会，为他们痛哭流涕吧！’可怜的服务员受到刺激，从此痛哭不已，直至死去。因此，人们与诗人打交道要提高警惕！因为你不知道他们为什么褒扬你，也不知道他们为什么诋毁、践踏你。他们口无遮拦。我也是诗人，有一句谚语你不要忘记了：‘他说死了多少人，对手都不敢见他。’大部分诗人、几百个诗人都死于他们的舌头，其中就有萨哈姆·阿卜杜·白尼·哈斯哈斯。”

“哈斯哈斯是身段非常优美的黑人，一个优秀的诗人。但是，他口吃得厉害，连自己的诗歌也朗读不好。尽管如此，他却善于诱惑女人，经常徘徊在部落里的几个女人之间。他并不满足于享受她们的身体，而且不分昼夜地高声挑逗她们。部落人士对于这种诗人的性侵犯怒不可遏。我认为他们对于一些情况很敏感。他们燃烧起一个大火堆，要把哈斯哈斯变成烤肉。他们打他，炙烤他。难道你以为他会害怕、颤抖、求饶吗？你错了。他在烈火中大声地反复朗读着：‘绑紧你们的俘虏，不要让他溜走！我已经快要死去，出生于你们姑娘们的面前，焚毁于床旁……太好了！’你想想吧，这个故事是不是很动人？好莱坞可以就此拍摄几部激动人心的电影。”

“我们谈到哪儿了？你看我的记性有多么糟糕！这又使我想起来一个笑话，一个人去看心理医生，说他是来治疗健忘症的。他问医生怎么治疗？医生说：‘我想提前把医疗费拿到手。’我的问题不是健忘，而是记性太好了。”

“有一次，我在一个咖啡馆里听到有人在大声喊叫：‘快，快给我倒满！给所有的人倒满！’我情不自禁地朝他望去，只见他五短身材却奇胖无比，站在一个空肥皂箱子上，形象有点儿张扬。他的话音未落，无数个法国人一起举起杯子，争先恐后地喊服务员给他们倒咖啡。服务员大惊失色，一边拼命加快速度给客人们倒咖啡，一边大声问：‘请问由谁来结账？’那些法国人神色黯然地纷纷离去了。可是，那个小胖子还在喋喋不休地念叨着：‘不要为过去的事情苦恼……’我走过去，问：‘这位兄弟是——’他看到我，忙从空肥皂箱子上跳下来，说：‘我叫艾哈迈德·拉米，青年诗人。’我毫不客气地对他说：‘你为什么平白无故地请那些法国人喝咖啡？而且在半夜之后造成如此的混乱？你难道不知道阿拉伯人在法国不受欢迎吗？你不看报？如果发现一个阿拉伯女孩戴着面纱，他们就会立即把她赶出去；一个阿拉伯打工的要求得到工钱，他们就会把他扔进塞纳河里去。你现在在给我们制造新的麻烦！你以为那些法国人真的想要你请客吗？不，你并不了解他们。法国人的饮食是非常讲究的，他们早餐要喝白葡萄酒，午餐喝红葡萄酒，晚餐喝绿葡萄酒加鲜汁茶，而且在晚餐以后还要喝白葡萄酒。法国人在晚上喝咖啡，但是只是一点点，你请他们喝大杯咖啡，他们一拥而上，分明是在起哄。你是青年诗人还是酒鬼诗人？’他笑了，说：‘我好久没有这样笑了。你是聪明、智慧的。'‘我是不是说得过分了？'‘我说的话也不是我的，是援引欧玛尔·海亚姆的话。他是著名的波斯诗人。'‘一个波斯人，用阿拉伯语写诗？'‘不，他是用波斯文写诗。我把它翻译成阿拉伯文。我正是为此才来到法国的。'多么奇怪，一个阿拉伯青年诗人为了翻译一个波斯诗人的作品来到法国！这件事情使我想起阿多尼斯。”

“我是在巴黎一个狭窄的巷子里见到他的。他在一个咖啡馆里埋头疾书，却写多少撕多少。我问他：‘你在这里干什么？'他说：‘我在写一部诗集。'‘但愿你成功，这部诗集叫什么？'‘《大马士革米哈亚尔之歌》。'‘他是波斯人？'‘是的。'我乘上一辆出租车，司机是个风骚的漂亮姑娘，她的身边有一只毛发梳理得十分讲究的绒毛小狗，我情不自禁地伸手去抚摩它，口中念叨着阿卜杜·拉赫曼·拉菲阿的诗句：‘啊呀，雌羚羊？狗身上的狗，它们吃羊肉，就像我们一样的生活、恋爱。'突然，那狗张口咬了我的手。我失声大叫，司机说：‘你怎么啦？'‘你把这个咬人的东西放到别处去，我们是阿拉伯人，我们热爱和平，而这只狗却对我不友好。你应该把它弄进笼子里，别再让它乱咬人。'她笑了起来，急忙唤她的狗，那狗立刻乖乖地蜷缩到一边，只是拿眼睛狠狠地盯着我。她问：‘你这位可敬的了不起的东方男人要到什么地方去？'‘到波兰森林去。'如果没有艾布·富拉德，我会在那里十分尽情的。”

“当我要进入房间时，他突然出现在我的面前，高声叫道：‘你知道不知道？’‘你说什么知道不知道？’‘去爱丽舍宫的路。’‘你到那里去干什么？’‘我要和法国的统治者们争个高低！’‘争论什么？’‘我要使他们陷入骂名。’‘为什么？’‘难道你没有听到这句话吗：假如没有给骆驼队准备好铠甲，那么他们就会叫嚷起来，骆驼队伍也会躁动不安。你记得吗？’‘听着，这里不是努尔·赛义德的巴格达，这里是戴高乐将军的巴黎呀！你如果纵容瓦利德骂他们，那么他们就会纵容窃贼艾尔逊·卢宾，或者用贫血病整你。’‘贫血病！张着血盆大口的狼向着我龇牙咧嘴……我的兄弟、亲戚、同伴们的鲜血呀！你知道去祖尔基的路？’‘知道。你打算在那里干什么？’‘写一首关于叫作艾尼塔的法国女孩儿的诗。’‘这样很好，很安全。’‘不要因为过去的事情而折磨自己，也不要错过眼前的美好时光。’奇怪的是，所有我在巴黎见到的阿拉伯人说起法语来都是笨笨的，几乎没有一个人说得流利。米切尔·阿夫来特也不例外。他到那里去不是为了写小说，而是用生动的语言去‘研究’。”

“我是阿拉伯人中唯一一个能够流畅地讲法语的人。你可以形容我是一只来自东方的夜莺，稍微肥胖一点儿的夜莺。我的一个亲密的朋友萨勒特尔告诉我：‘我以西蒙的名誉起誓，你比任何人的法语说得都流利。’我说：‘除了戴高乐将军以外。’戴高乐原来的名字叫巴萨勒·高乐，后来孩子们笑话他，于是他就改成为现在的名字。他是一位伟大的人物，也许是我所认识的人中最伟大的人物。”

“他是你心目中最亲近的朋友？”

“你是怎么知道的？他确实是我心目中最亲近的朋友。他还是一位了不起的诗人呢，也许你并不知道，是的，很少有人知道这个事情。他曾经给我朗读他的作品，我们日出之前在醉人的气氛中一起散步。黎明之前，我们来到渔夫们经常光顾的一个廉价的饭馆儿里，和渔夫们一样在一起喝洋葱汤，用标准的法语与他们交谈。一天清晨，我们遥望远处的朝霞、微红的天际。他叹息着、慢慢地轻轻地吟道：‘月亮已然过去、消失了，河流已经老迈，负载得太多；但是，你的眼睛却永远光芒四射，如同不老的河流，流淌不止；就像雪白的玉石，晶莹剔透。’要不要我用法语再给你朗读一遍？不用，那好，算了。你们在黎巴嫩应该是熟悉法语的，有些到美国留学的人在去之前还要学习法语，这只有好处，没有坏处。我个人会几种语言，我感觉受益匪浅。”

“戴高乐朗读完毕时，已经泪眼模糊了。接着，他向我透露了关于第二次世界大战的最绝密的信息。他坦诚地向我说他写的这些诗歌是写给他的女司机安娜·玛琳的，你知道吗，戴高乐战争期间在伦敦用一个英国女兵给他开车，他很喜欢她。”

“我还以为只有艾森豪威尔迷恋他的女司机呢。”

“短见啊，大夫，艾森豪威尔迷恋他的女司机已经是众所周知的事情，有什么新鲜的。至于戴高乐在战争期间喜欢一个英国女兵的事情，那可是密不透风的事。他为他的情人撰写了一部诗集《安娜·玛琳的眼睛》，并且把它藏在一些档案中，只是在他死后一百年才用另外一个题目《曼什的兽性》发表。”

“你有卷宗，你知道好多事情。那里面有心理学医生们盼望已久的故事和案件，甚至有最初的性经验和挑逗的详尽描述，比如在小学、初中、高中。所有这些都是索然寡味的。你可以说百分之九十九的情人是诚实的，其余是在撒谎。如果事实真的是这样的话，那么，世界上就没有什么问题了，也就不需要什么心理学医生了，而且没有什么‘打开心灵的钥匙’之类的智者、深刻的思想家了。我不明白人们为什么提出这些问题？而他们又认为所有的一切都是那么自然，包括性变态。什么叫作性变态？你可以把它称为性爱的替代方式，这是一种巧妙的解释，正如说一个人不是贼，而是在进行经济行为的替代方式；一个人没有撒谎，而是选择了语言表达方式；一个人不是胖子，而是自我欣赏别样的体态而已。”

“美国完全可以有比现在多几倍的医生从大学毕业，学校虚位以待，教师有很多，实验室也不少。但是，医学会阻止更多的医生得到训练。律师协会也是一样，结果如何？上千名律师惊现街头巷尾，案件却在不停地上升，难道人们希望成千上万的医生在街头寻找工作吗？这确实是一种矛盾。美国在逐年扩建法律学院，律师也在逐年增加。我就拥有世界上最大的事务所。当然，也在阿里比斯塔七十五号。那是总部，它的活动范围遍及每个地方。我有六百个律师，大部分是我的朋友和你的美国朋友。在律师事务所里，许多部门都会使你感兴趣，有几个部门不会使你感兴趣，我们有个很大的部门是专门管关于子宫方面的事务的。你不能想象子宫方面的官司有多么多，这种官司有多么重要，比如，两人结婚、生育了孩子，问题也就出现了。例如：谁来抚养这个孩子，是男人还是女人？他们居住的房子，产权是属于谁的？由谁来付房租？诸如此类的问题都由我们来解决。”

“我们还有专门处理妖术的部门呢。你不能想象施用妖术的官司有多么多，这种官司有多么重要，世界上施用妖术的人有多么多。他们中间有不少人还是在一些敏感部门呢。你也许不相信妖术，我可以轻易地让你相信它的存在。你愿意让我派遣一个妖术师让你的加拿大女朋友厌恶你吗？我们办事处可以替被妖术迷惑的人处理赔偿事宜。比如，一个著名的大商人患有性压抑症状，难以正常地进行夫妻生活。他来到我的办事处，他提出了妖术诉讼，获得了赔偿。再比如，有一个著名的女演员，她嫁给了企业家，后来由于妖术而离婚。我们帮助她起诉企业家并获得了赔偿。你要知道，玩妖术的人有的是钱，而替被妖术迷惑的人处理赔偿事宜的工作可以从两方面得到好多钱。我们的办法是直接向国际法院提起诉讼，以便引起各个方面的重视。”

“同时，我们有专门部门是处理牲口落入坑中事件的。请不要误会，这是指一个诗人剽窃另外一个诗人的诗歌中的某些句子时发生的案件。也可以说是处理文学窃贼的部门。这个部门的业务十分繁忙，日夜连轴转都应接不暇。忌妒啊，每当一个阿拉伯的诗人赞美一位统治者时，都忘不了千方百计地向他们讨好处费。那些让人肉麻的溢美之词有可观的价码。可是，你可以想象得到与忌妒者打交道有多么难，实际上与所有的天才打交道都是很难的。”

“当然，与平庸之人和富有之人打交道是最容易不过了。爱忌妒的人真是麻烦透顶！他们的要求没完没了，他们的奢望无穷无尽，问题是他们都是一开口就是谎话连篇，你都不敢相信他们的话哪一句是真的。一次，艾布·哈什德对我说卡富拉的妹妹向他表白爱情，她哥哥听说以后便把艾布·哈什德找来，对他说：‘听着，我的妹妹在我的眼中犹如掌上明珠，她向你示爱，你愿意和她结婚吗？’‘当然。’‘你如果和她结婚，我给你管理伊拉克人的权力，并且给你一块土地。’艾布·哈什德同意了，他们签订了婚约。他和她结婚了。她迈着迈克尔·杰克逊那样招惹是非的步伐向他走来。当他见到她那一瞬间，便惊呼道：‘哎呀，多么美妙的身段、轻盈的步伐，让人心驰向往、热血沸腾！’艾布·哈什德在心爱的美人怀里度过美好的时光。可是，翌日早晨，问题产生了。一张证书递到了我的朋友贾麦尔·纳赛尔总统统治时期的解放省首长面前，艾布·哈什德在那里仔细地查阅了证书。突然，他惊呆了。原来他以为她哥哥会给他不少于两千七百平方千米的土地，但是证书上却明明白白地写着二十七平方千米。他大惊失色高声喊道：‘火罐和羊毛剪子在哪里？’‘火罐’是中世纪时使用的放血器皿，‘羊毛剪子’是我和你的朋友称谓的头发剪子。卡富拉慌慌张张地拿着火罐和羊毛剪子来了，见到他就说：‘早晨好，你是不是现在要放血？’艾布·哈什德说：‘我现在并不需要放血，我要的是货真价实的土地，我为此签订了合同，付了款！’‘可是，我们已经找不到他了。’‘我不能就这么算完了呀！’在他的坚持下，外交部部长与挪威外交部部长联系，挪威外交部部长与联合国秘书长联系。可是，他却在忙着下棋，又被巴尔干问题弄得头疼。”

“矛盾很快升级了，新娘哭天抹泪地到处喊冤枉，终于饮下大量的沥青自杀。卡富拉把自己禁闭在私房里，终日闭门谢客。艾布·哈什德低吟他的著名的小诗。他的小诗之所以著名是因为总是以‘艾里夫’结尾的，当然还有以‘艾里夫’结尾的更加著名的小诗，作者是伊本·达利德。要不要我给你朗读一番？”

“有多少行？”

“不多，二百五十三行。”

“您饶了我吧。”

“那就算了，还是朗读艾布·哈什德的著名的小诗吧。他吟道：‘难道所有人都是骗子？是不是任何人都用一百五十千米以上的速度赎身？’如果仔细地揣摩这首诗的意思，就不难感受到艾布·哈什德在叙说他与跟他只有一夜情的女人之间的故事，他说：‘我付出了，我吟唱了。’他讨厌黑人，特别是黑奴，他们也讨厌他。”

“他们想办法整治他，设计害他。他没有屈服，反而不断地写诗揭露他们的阴谋：‘我为背信弃义的人准备了利剑，他们有些人被割掉了鼻子。’实际上，他不仅割掉了背信弃义者的鼻子，甚至在形式上演习法庭宣判之后还杀死了他。艾布·哈什德与黑奴之间的斗争是有记录的，有诗可以证实：‘当你买奴隶时不要忘记买棍子，因为奴隶动辄发怒。’这诗发表后，奴隶市场就形成一种风气，即买卖奴隶时一定要搭上免费的棍子，有时还要搭上儿童玩具。奴隶们也习惯地称各种各样的棍子不同的名称：‘赫兹拉那棍子’‘基利特棍子’‘苏特棍子’……不一而足。后来，出现了塑料制成的棍子，打屁股效果不错。奴隶们报复艾布·哈什德，他们集结了一些人打算整治他，而他却一无所知。陪同他的人对他耳语道：‘懦夫的一千句话不抵安拉的一句话。’艾布·哈什德还没有弄明白是怎么回事，一个奴隶头子抓住他的手说：‘我的主人、精力旺盛的诗人、勇敢的侏儒、族长的狼，以我父亲、母亲的名誉，不要让人们说你跑掉了！’此后，艾布·哈什德处于昏迷状态，似乎睡着了。他被许多人用脚践踏……”

“现在，我要说的是蒙特利尔的疗养院。蒙特利尔是个美丽的城市，依碧绿的青山而建，俯瞰太平洋。该城的市长是一个电影演员，是他的女邻居卡尔迈勒提名选上的。这个市长叫克里耐特，他有一句名言是：‘我建设自己的时光。’翻译起来真难，经常难以达到十分准确，特别是人名和地名。”

“后来，我辞掉了礼拜堂里的职务。在我短暂的任期里，曾经有过许多的任命。礼拜堂这个单位的成员必须超过八十岁，但是他们却破格吸收了我这个六十岁的人。所以，里面的人称我是永远年轻的礼拜堂成员。那里面的气氛很奇怪，每天每夜到处鼾声雷动，但是其他成员却无动于衷，因为他们都是聋子。他们之间互相不认识，因为他们个个视力模糊。你想知道我在那里发表的具有伟大历史意义的演讲吗？想，那就太好了。那次演讲主要是围绕给电视机取阿拉伯文名字的事情。长老主持了这个重要的会议，他说：‘各位，听着，别吵闹了，请安静！西洋人发明了胶片和摄像机，然后把胶片装进摄像机里，对着人或者物体进行拍摄就形成影像。今天晚上我们要给这个神奇的东西命名。’长老说得神采飞扬、唾液横飞，可是下面的人却一句也没有听他的，聊天的聊天，打呼噜的打呼噜。真是无可奈何，他命人取来钵子，不停地敲打，打呼噜的暂时停止了，却又加入聊天的行列。长老只有反复重复他的话，却仍然没有人听他的。他也始终没有理会我就站在他的身边，只听他旁若无人般地说道：‘铃响的叫作电话。电话已经是大家都知道的东西，我们现在要说的是电视机。’一个人在他的耳边提醒他道：‘收音机，收音机还没有说呢。’长老不耐烦地打断他：‘收音机也是大家都知道了的事情，不必在这里议论了，要给电视机起个阿拉伯名字！’”

“这时，一个人仿佛是从梦寐中刚清醒过来一样，捂着肚子没来由地扯着嗓子喊道：‘酸菜！酸菜！’长老的热情被进一步冲淡，他气急败坏地叫道：‘快，快给这个饿鬼一些吃的吧！你们要知道，食物也要讲究分配，要按照空腹、饥饿、饥民、斋戒、贪婪、贪食几种情况来区别对待。’那个喊饿的人得到一点儿吃的，狼吞虎咽之后又坐下去继续打呼噜。长老还是不屈不挠地继续问：‘还有什么新鲜看法？’一个人拄着拐棍靠近他说道：‘我想起来了，叫小房子。’长老生气了，不理睬他。接着，传来一阵咳嗽声、长叹声、喃喃自语声。长老实在没有办法，便命人把电视机搬了进来，放在众人面前。长老说：‘各位，你们看，这就是电视机。’众人如梦初醒，大呼小叫起来。长老转身对我说：‘年轻人，你看吧，这就是电视机。’我说：‘尊敬的长老，这不是电视机，这是电冰箱。’”

“这回轮到长老大惊失色了，他语无伦次地叫道：‘这是怎么回事？’一个年长者慢条斯理道：‘长老，这个东西不能让女人欣赏，否则她们就会变得妖艳。’这时，我再也忍耐不了啦，嚯地一下子站了起来，大声喊道：‘谁说了算？真理在哪里？我建议取消不准让女人看电视的提议。’我的话如同一颗炸弹在人群中爆炸，激起轩然大波，许多人不再聊天、打呼噜，反而异常清醒地、精神振奋地把我当成靶子，集中火力向我进攻：‘什么？取消不准让女人看电视的提议？这成何体统？’‘男人和女人在同一本语法书中出现而得不到管理？’说着，那些老头儿竟然由于过分激动而昏过去了。”

“这时，长老对我怒目而视、咆哮如雷：‘年轻人，你要知道生气也是分为几个层次的：不快、讨厌、生气、恼怒、愤怒、狂怒、疯狂。谁能够说得清楚呢！我现在是气愤得疯狂了！自从你扯着嗓子冲我们喊叫着，这里就成为你的庇护所了，你还没完没了啦。’他的话音未落，群情激昂起来，人们纷纷高呼：‘说得好，好极了！’我忍耐不住了，便声嘶力竭地对长老嚷嚷：‘风流云散吧，流离失所吧！你们集合在一起就是咳嗽、长叹、喃喃自语吗？就是聊天的聊天、打呼噜的打呼噜吗？每个民族大都有自己的语言，应该有同样的声音，可是你们呢，有七十七种声音，标准语、土语、东方语、西方语、新闻语、广播语、电视语、游牧语、汉语、口语、杂乱无章语、日常用语、不常用语、妇道语、男人语！你们到底想怎么样？你们思维混乱，语无伦次，不知所云，语法错误。你们之间有百分之九十的人是文盲，不会读书，不能写字，孩子们从你们的大学毕业却难以说一句完整、正确的话。你们的报纸、刊物主编只能借助于别人来写文章。你们还有什么脸面在这里咋咋呼呼的？'说到这里，我从口袋里掏出电动剃须刀，继续说：'你们之中有谁说说看，这是什么东西？幸亏你们还经常刮脸！敌意也是要分为几个层次的：不满、讨厌、抱怨、膈应、敌对、排斥、仇恨、不共戴天。'我说完了，便提出辞呈并拂袖而去。"

"后来，我知道礼拜堂全体一致通过决议接受了我的辞呈，并且在报纸上公开发表。所幸的是没有一个人能够看得懂。礼拜堂当天夜里还通过了两个决议：第一个决议是命名洗衣机的阿拉伯文名字，并且规定不准男人使用以避免男人过于表现美；第二个决议是推迟命名电视机至下一个世纪。因此，电视机就没有确切的阿拉伯文名字。艾布·哈什德后来要求礼拜堂赔偿他的损失，因为他们盗用了他发明的名字。"

"我曾经在斯坦福大学读书，它是由一个美国富豪募捐而建的。我们作为阿拉伯人是尊重别人的、极其好客的。在美国的美丽城市旧金山五十千米处看一个令人难忘的郊区巴鲁图。巴鲁图建设法明确规定禁止吸毒，那是一个非常安静的地方，唯一的活动就是科学研究。可是，有些人却认为可以违反这个规定。那是多么美好的日子！正如一首著名的歌曲所唱的：'朋友，这才是时光。'那里的小伙子、姑娘真棒，到处洋溢着爱的气氛。我们是不超过四十人的阿拉伯青年群体，我们住在巴鲁图，学习在斯坦福大学。我们一致梦想着能够有一个如同美利坚合众国一样的阿拉伯合众国，那时我们就可以在真正的阿拉伯世界翱翔而不必要签证护照手续，走到哪里都没有海关、检查站。这是个多么宏伟的蓝图、多么美妙的梦想！我们经常问自己：'美国人能够办到的，我们为什么就办不到？'美国人从洛杉矶到纽约去，没有一个军人阻止，一路上没有一个边防站。沿途到处可见充满亲切感的欢迎或告别的牌子和路标：'欢迎你来到这里''你已经离开加利福尼亚'。那里的生活平静而美好。我们是普普通通天真无邪的学生，在那里踏踏实实地学习，没有一个人梦想着在那里有一座豪华的别墅、清澈见底的游泳池、地位显赫的职务、名贵的转椅，只是一味地梦想着阿拉伯合众国的建立，一支阿拉伯联合部队的形成和统一的阿拉伯科学的问世。"

"我们也梦想着建设一个阿拉伯人能够维护自己的尊严的社会、一个没有诬陷、埋怨、误解、官司的社会。我们希望能够像美国人那样生活，那样有权利、保障、财富。我们曾经梦想驾驶汽车越过大洋，不停留地来到海湾，而没有任何人问及签证。当我们疲倦时，就站在海边并且在那里休息而不用出示身份证。我们梦想散步时没有什么人阻止我们，也不找与我们在一起的女人麻烦，不问我们她是我们的祖母或者舅母。我们盼望着在阿拉伯的城市街道散步而不用把家族之树捧在胸前，把结婚证书放在口袋里，把一个有权势之人挂在嘴边，我们梦想着在世界上最权威、最好的大学学习，有学医学的、政治的、法律的、经济的。我们之间经常见面，相亲相爱，彼此关怀。那是什么样的日子呀，畅饮甘甜的淡水而不必顾及石油，沙漠人不必害怕城里人，山里人不必忌妒平原人，一部分人不讨厌另一部分人，让我们在卡富特利亚、在阿拉伯医学会、在国际大家庭、在报告会上、在旅途中、在集会上畅所欲言，彼此靠得很近，谈我们的阿拉伯世界。让我们比较一下我们的过去和眼前的一切，医学教授向我们讲述，由于缺少饮食，孩子们在我们的阿拉伯世界死去，而展现在我们面前的是美国孩子们的满面红光；行政管理教授向我们解释阿拉伯的专政主义是怎样吮吸人民的血汗。”

“你如果在美国，就会知道他们的工作效率是如何高，怎样在几分钟的时间里组装好一部机器，你可以在那里租借电视机，用不到半个小时领取驾驶执照，处理一个案件不超过一个小时，检查眼睛、视力，领取工作证等各种证件、登记使用电话、住房、绝对用不着贿赂什么人；假如你被警察叫住了，听到的只是文雅的问话，即使是罚款也是合情合理的，你可以用汇款的方式交纳罚金，没有胁迫、谩骂、殴打、刑罚。没有'你知道我是谁？''站住，狗崽子！'这样的话。我们曾经询问行政管理系的学生：'为什么？为什么？为什么在阿拉伯祖国行贿现象那么普遍，而在美国却见不到？为什么在我们那里任何手续都是那么的繁杂，而美国的效率那么高？为什么在阿拉伯国家要领取驾驶执照必须要通过中间人，要贿赂办事人员而不必进行什么必要的考试，而在美国却不必要来这一套？'行政管理系的学生说：'等到我们回去以后，一切都会改变，我们将要在公共行政管理、劳动管理方面实行现代化的制度改革，等着吧，一切都会改变的。'我们受到鼓舞，期待着回国后，能够管理国家的行政、经济、项目、水利。我们日夜期盼着能够出现一个完整的阿拉伯祖国，利益均衡、善恶有别、一个国家、一个政策、强大的国防……我比他们更加具有想象力，更加强烈地希望一个阿拉伯合众国尽快出现。我是学习社会学的，他们问我，怎么样了，巴萨尔？"

"请停一下，教授，他们叫你什么来着？巴萨尔？你不是说巴萨尔是戴高乐的名字吗？"

"啊，是啊，这也是我的名字啊。他们问我：'阿拉伯的情况与美国的情况有什么区别吗？为什么我们没有像他们那样统一起来？为什么我们没有像他们那样进步？’我对他们说：‘人类没有区别，我不是种族主义者，我主张人人平等，所有的人都有要求自由、公正、土地、尊严和食品的权利。阿拉伯人需要机会，而机会会有的。我们有掌舵人，但是，困难依然存在，问题还是问题，这代人个人能力是有限的。我们没有能力去区别领导者，我们是年轻人，是有能力的一代人，我们将要回去，一切都会改变的，我们这一代人了解一切，知道如何处理好一切，我们学习了理论，正确的计划理论、现代教育理论、有效的行政管理理论、宪法理论。我们是一代斯坦福大学、哈佛大学……毕业生，我们将要打败以色列，因为他们武装侵略我们，我们并不缺少科学技术。我们既不缺人，也不缺物，我们要全力以赴地战胜犹太复国主义，我们要与他们进行殊死决战直至取得胜利。’”

“我难以忘记的是，当我们邀请犹太作家富尔德作报告时受到犹太学生威胁的情景，他们扬言要处死他。为了保护这位著名的犹太人的敌人的安全，我们自动筑成人墙，让他进入演讲大厅进行讲演。当埃及领事举行公开会见时，犹太学生坚持取消这个活动。他们请来了以色列的领事。我们收集到了几千人的签名，并且成功地说服校方不去理睬犹太学生的干扰。我们就是这样在水与火之间顽强地斗争着，我们不是伪善者，也不是极端主义者，更不是感情冲动者，我们也不是什么英雄，或者类似的英雄人物，我们没有度过红色之夜，没有经历动人心魄的时刻。有些人有女朋友，有些人羞于见人，其实没有几个纨绔子弟。我们也干了些那样的事情，也不过是一个小时，在图书馆、大学食堂、加油站，并不感到不自在。”

“西方化与东方化是有区别的。西方化是西方式的爱情，其实区别并不太大。我们并没有西方化，我们都是好人。同时，我们也不是呆子，而是善良、无辜的人，我们也不是卑鄙之人。我们也看到了美国社会的弊端，并没有忽略它，也没有一叶障目。正如一位古代诗人所说：‘我证实好人是有缺点的，你说我怎么能够远离他呢？’艾布·哈什德并没有这么说，他说了什么？他也能够看到那里的弊端。我们不能把阿拉伯世界变成美国的一部分，如果有人认为可以变成的话，那一定会取笑于人的。我们不能相信听到的民主会实现，我们亲眼看到犹太集团控制着国会，尽管有民主；我们也看到黑人在那里享受着怎样的民主、各种名目的形势好转是什么样子的。如果一个黑人喜欢一个白人姑娘，社会的反响是多么地强烈。我们并不认为美国是天堂，并不是所有的人家都是敬客如宾的，如同我们对客人张开双臂。我们并不认为资本主义是天上掉下来的理论，我们亲眼看到乞丐在垃圾箱里掏吃的、穿的。这种情况实际上屡见不鲜。我们并不欣赏美国人的习俗，反而十分厌恶他们的一些恶习，比如用鞋子踢蹬讲台。对于男人容许女人请客、付账感到奇怪，这好像是荷兰人的习惯。我们对于顾客要求服务员把他们吃剩下的一块鸡肉、牛肉包起来带走感到毛骨悚然。他们都还装腔作势地表示这是要带回去喂狗。我们为自己的宗教信仰、风俗习惯而自豪，我们在自由的天地里祷告。当我们请美国人吃午饭或者晚饭时，他们便狼吞虎咽，能够吃掉整只羊。我们信仰自己的宗教，按照古老的贝都因人的方式请他们，并没有感觉到什么别扭，美国人的传统并没有迷惑我们。令人烦恼的是他们总是改变不了容许孩子叫父亲第一个名字，而很少叫爸爸，也不理解为什么全家人为了一个小孩儿而全力以赴，又有意让他自己处理一些事情，到了十七岁就不再管他。”

“尽管如此，我们还是希望能够按照美国的模式建立阿拉伯合众国，一个没有海关、哨所、铁丝网的国家，我们要给予阿拉伯人如同美国人所享受的一切权利，把社会服务提高到一个新的水平。我们是疯子吗？也许是的。我们是叛逆者吗？也许是的。我们把自己的灵魂出卖给魔鬼了吗？也许是的。我们那时并不是清醒的青年人，表达方式也不是公认的。我们错了，不可饶恕，我们企求饶恕。我们并不精通伊斯兰教义，分不清楚什叶派和逊尼派之间的区别。也许我们对于愚昧过于宽容，而过于迷恋爱怜。我们未曾用宗教的鞭子鞭打自己和其他人，只是充满了天然的真诚信仰、永恒的爱情。这就是我们的生活。”

“有一次，我在咖啡厅里喝咖啡，准备参加报告会。突然，我发现在咖啡厅的角落里坐着一个女人，那是个什么样的女人呀！可以说是我这一生中见到的最美丽的女人，毫不夸张地说，是我所见到的空前绝后的美人！她有着一头美发，介乎于橙色、黄色和红色之间，长发披散直抵腰间，如同瀑布般散开，当时时兴短发，像她这样的长发难得一见。我的目光不由自主地从她的头发移到她的眼睛上，那眼睛才叫漂亮！祖母绿般的眼睛，清澈透顶！她的鼻子是罗马式的，那样的富于性感！多么完美的女性，我完全被她征服了。在世界名著《一千零一夜》中是怎样描写美女的？她的唇是猩红色的，牙齿洁白如雪，她的微笑是那么具有慑服力，她就如同黑夜里的一盏明灯，光芒四射，照亮了我的心田！”

“当时她和一个女性朋友在一起，那张桌子旁边空着一把椅子，我见她掏出来一个火柴盒正要点燃一支烟。我那时是烟民，吸的是‘肯特’牌香烟，机会来了，我如同西班牙斗牛士般猛然冲到她的面前，麻利地掏出一个精致的名牌打火机，准确适时地递了上去，为她打开打火机。她着实被我突如其来的举动吓了一跳，如果是在其他地方，一个姑娘受到陌生男子的袭击早就大呼小叫起来或者马上离开了；然而，她却不一样。她先是一怔，两手上扬，身体后仰。顷刻，她明白了一切，竟然放声爽朗地大笑起来，并让我为她点燃了香烟。她确实是先进国家的文明人，没有做出落后国家愚蠢者的举动，让人下不来台。她吸着烟，用她那美丽的大眼睛惊奇地看着我，接着又笑了起来。”

“她后来告诉我，在她一生中还没有见过像我这么大胆的男人。在她大笑时，我实际上很紧张，暗中告诉自己：‘小子，你闯了大祸了，该倒霉了！以后再也没有机会了？’我见她没有进一步的不良反应，便极其文雅地问：‘请问，这张椅子是不是没有人坐？’她平静地说：‘没有人，请坐。’我喜出望外，赶紧坐下，开始试探着与她搭话。我自我介绍了一番。她说在见到我之前还没有见过一个阿拉伯男人像我这样风趣大胆。我们交谈了很久，后来她向她的女友告辞，对我说：‘我想去散步，你能陪我吗？’傻瓜才不去呢，谁又能失去这个难得的机会？我马上答应了。当然，我在那个报告会上有一个发言，但是我想即使没有我的发言，报告会也不会取消。我们肩并肩地来到公园的草地上。她说了声‘对不起’便脱掉鞋子，光着脚在草地上走，她转过身来，说：‘我喜欢光着脚在草地上走，你呢？’我说：‘我记得在小时候光着脚在草地上走过。’然后她建议道：‘那么，坐我的车去逛市场吧。’她的汽车是辆红色的奔驰车，在当时是最名贵的汽车了。我当时是和另外两个阿拉伯兄弟住在一间房子里，现在不必提起他们的名字了，他们大小都成为知名人士了。名誉是相对而言的。”

“我和她走进一家商店，她随意拿了一瓶牛奶、一瓶橘子汁、六个鸡蛋、一罐咖啡，问：‘这些是我所需要的，你要些什么？’我说：‘不，我不需要什么东西。’她又问：‘你一个人住吗？’‘不，和另外两个人。’‘三个人住一个房间？那么，你们肯定是经常挨饿的。’我刚要解释、搪塞一番，她已经抓过来一辆小推车，顺手拿了一些好吃的东西放在车上。我情不自禁地把手放进兜里，里面只有二十三美元二十五美分，她选择的东西至少也得二十四美元！我快要晕倒了。我真想制止她，找个什么借口赶快离开那里。她却如同一只翩翩起舞的蝴蝶轻盈地飞到肉食柜台，顺手拿了一些鸡、肉、蛋、鱼、茶和咖啡，装了满满一车！不仅如此，她把车交给我，自己又抓来一个小推车，继续往里面塞东西！我的神经错乱了，只能毫无知觉地跟在她的后面，如同疲惫的骆驼跟着主人走，那样的无可奈何。第二辆推车很快装满了各种名贵的水果和蔬菜以及其他生活用品。我已经无地自容了，真想一走了之。我身不由己地跟着她来到收银处，听天由命！我的心快要蹦出来——‘小鸟捏在孩子的手心里，知道快要死了，还要挣扎……’”

“正当我几乎站立不稳时，周围突然响起来一片笑声、招呼声，只见几个服务员和搬运工向我们围拢来，从四面八方响起热情的问候声：‘苏宰，你好！’‘还是让我们来吧，苏宰！’我还没有清醒过来，那些人就争先恐后地跑过来，七手八脚地把小推车上的东西装进袋子里，放到她的汽车上了。我被这惊险而奇特的一幕惊呆了，不知道自己身在何处。也不知道怎样上的汽车，如何飞驰在大道上。我的舌头僵硬了，也许让猫吃掉了，什么也说不出来。这时即使真的有猫这种温驯的动物或者其他凶猛的野兽出现在面前，我也不会保护自己的舌头了。沉默了一会儿，我总算找到了舌头，壮着胆子喃喃地说：‘我们好像还没有付款？’她笑了，笑得那么天真：‘我忘记告诉你了，这个商店是我父亲开的。’‘这些东西……’‘这是我送给你和你朋友们的小礼物。’”

“我们经常说阿拉伯人如何如何慷慨大方，说西方人怎么怎么吝啬，这次我算是真的领教了：我为她点燃了一支香烟，她为我们购买了价值三百多美元的商品！贝都因人的慷慨大方与西方人的热情好客是两个不同的概念。世界上有很多的好心人我们还没有认识他们。”

“这是很久以前的事情了，那时的美元是很值钱的。我作为年仅二十三岁的阿拉伯青年人快要获得学士学位了，就这样我和苏宰开始了一段令人难以忘怀的友情。故事还没有完。我们驱车继续前行，直到我居住的地方。两个兄弟都在，他们一个是拳击爱好者，另外一个是长跑冠军。我先进去叫他们出来帮助把东西从车上搬进屋子里，可是，一个兄弟却不愿意帮助我，说：‘我不去，你自己一个人足够了！’另外一个说：‘什么？一大堆食品？昨天我们已经购买了足够的东西了，我是负责这个月记账的，我不允许购买更多的东西，你自己付钱吧！’我这时真的是无言以对，苏宰在外面等着，两个壮小伙子就是不动弹。我只得费尽口舌给他们解释一番，他们才半信半疑、极其不情愿地出来帮助我搬东西。可是，当他们看到苏宰时，各个精神为之振奋起来。苏宰落落大方地坐下来，环顾四周，说：‘我知道附近有一家意大利饭店不错，能不能请你们各位赏光？’没有一个人反对。我们来到意大利饭店，我的两个兄弟眉飞色舞，撒开了嘴巴子，狼吞虎咽一通，却没有谁主动表示要付款。我问她：‘怎么，这个饭店也是你父亲开的吗？’她笑着说：‘不，但是，店主人是我父亲的朋友。他每次都给我优惠价。有时根本不准我付款。’在这之前或者以后，从来就没有过一个女人免费请过我吃饭。也许其他两位兄弟有过也未可知。这是唯一的一次。她又说：‘我被邀请出席一个晚会，让我们一起去吧。’自然没有人反对。我当时犹豫不决：首先，晚会的主人或者她的朋友并没有邀请我们，我仍然是严格遵循阿拉伯海湾地区传统的人；其次，从内心讲，我的两个兄弟的言行举止令人担忧。可是，还没有等我表示歉意，他们俩就争先恐后地叫嚷起来：‘在哪里？在哪里？让我们快去吧！’”

“没有必要详细地描写晚会。这是一个普普通通的家庭集会，所谓家庭也只不过是一个学生租借的房子，学生们彼此邀请，这种家庭式的晚会经常举行。我对家庭集会本身并不感兴趣，好像苏宰也有同感，我们离开人们的喧闹和音乐的轰鸣，来到僻静的花园。在那里仍然能够听到喊叫声、音乐声，时缓时急。间或能听到我的兄弟在扯着嗓子唱：‘叔叔呀，那个卖玫瑰花的到哪里去了？’我和她交谈着，说实在的，我自从见到她的那一刻就爱上了她，我想象着她也是。毫不夸张地说，我们这种爱情只有在小说和电影里才能出现。你可以张开想象的翅膀任意翱翔，小说和电影的作者挖空心思、竭尽全力地编织动人的故事。可是，他们难以想象我和苏宰之间的爱情有多么美妙。她介绍自己说是学习英国文学的，她认识一些这方面的专家、学者，觉得他们有些人是高尚的，而有些人却显得卑鄙。”

“我在二十三岁时开始写诗，好像晚了些，但是在阿拉伯世界有好多后起之秀，这是个挺复杂的问题。我喜欢复杂的问题，可以锻炼思维能力。我倒是习惯于用英文写诗，此后一年或者两年才开始用阿拉伯文写诗，算是初步的尝试。这时，我也集中为苏宰写爱情诗。苏宰给我取了个名字叫达利姆·布特。一天，她发现我在为她写爱情诗，还发现我的神情有些恍惚，便问我：‘你干吗像教授一样的深沉呢？’后来，她写了一首讽刺诗《教授》送给我。到现在我还记得它。‘教授’这个称谓是苏宰为我取的，所以，直到现在如果有人不这么叫我，我就懒得理睬他。”

“从此，我始终把这个称谓铭刻在心中。过了没有多少年，我果然成了名副其实的教授。我认识她差不多一个月，就离开了那两个阿拉伯兄弟，搬到一个小屋子里，我们交换了彼此的房间钥匙。在那些美好的日子里，我变得喜欢所有的人，甚至不讨厌穷人，我们难以分开片刻。每一次的接触都爆发剧烈的爱情火花，我们爱得死去活来、天翻地覆，甚至用火山爆发、山洪倾泻都不能形容。周围的一切都变得那么美好，什么都无法形容。只有毕加索才能表现出来。我们不能把它说成是性动作，有些性动作是不高尚的、令人厌恶的、卑微的、失态的。我们的祖先给性行为冠以上百个名词，你难道不感到奇怪吗？在现在的阿拉伯人的口中有关于它的差不多四百个词语和表达方式。有人甚至统计达到一千二百个词语呢！我只需要其中的一部分就可以了：摩擦、填满、压烂、交配、剔肉、沸腾、压榨、涂擦、波动、揉搓、消肿……不能认为性行为在男人和女人之间有什么区别。”

“苏宰是我在认识她之前和之后上千个女人中最优秀的一个。我是教授、诗人、小说家、哲学家、思想家、社会学者、电影评论家。我认为法律不能用女人的皮来做斗篷，也不能用老虎皮、鳄鱼皮来做。你不能完全相信诗人所说的话，但是你不要认为我认识的女人超过一千人。我们从历史书中看到过有人称自己曾经与一万个女人睡觉，哈里发穆泰瓦基勒有四千个宫女，哈里发是最高统治者，对于所有的女人拥有特权，等到他们年老力衰、力不从心时，便命人修建水银池子，把与妻妾共眠的床铺放在上面，水银就起着摇动的作用。多么原始的想法。这样看来，在哈里发穆泰瓦基勒时代水银还是蛮充足的。你可以想象，建造一个能够把双人床铺漂荡起来的水银池子得要多少水银？奇怪的是，巴哈塔利竟然把哈里发穆泰瓦基勒的床铺形容成为普通的床铺，没有把它说成水银床铺，并且以此讲解给从大西洋到海湾的所有的中学生。也许哈里发穆泰瓦基勒本人就这样规定的。当哈里发穆泰瓦基勒逝世时，所有的人都感到悲伤，哈里发穆泰瓦基勒是非自然死亡，他是被谋害的。参与这个阴谋的有他的儿子，哈里发穆泰瓦基勒经常呵斥他的儿子懒惰、烦躁、不正经。由此，人们就十分关心自己的孩子，加强教育，减少抱怨。”

“我说过我认识上千个女人，但是我没有说过与她们都有特殊关系。我只是认识她们，有的是擦肩而过，有的是一面之交，有的比较了解，有的交往挺深。就拿我和苏宰的关系来说吧，性关系并不是主要的，爱情是主要的。她叫我教授，我叫她苏蓓儿，她经常到我的小屋子里来，帮助我收拾房间、搞卫生、做饭。当我从学校回来后，看到家里那么干净利落，心里非常高兴。我们从来没有吵闹过，彼此尊重。我们在一起的大部分时间都用于讨论文学，特别是莎士比亚的作品。我在遇见她之前，莎士比亚对于我来说只是一个名字、概念和印象，我也只能够说出来莎士比亚的几个剧本，具体内容情节真的说不清楚，也难以说得准确。说实在的，中世纪阿拔斯时代中期到二十世纪初叶的阿拉伯诗歌中的百分之九十的内容是调情取笑的，甚至把‘他亲爱的’说成‘我亲爱的’，把‘棕色的女子’说成‘棕色人’。”

“苏宰把我领进了莎士比亚的世界，我的知识面豁然广阔。她带领我去欣赏莎士比亚的《哈姆雷特》，可是我在整个演出过程中，只顾看苏宰了，对于舞台上究竟在演出什么其实是模糊不清的。她显得很激动，那个程度竟然远远超过了舞台上的气氛。她介绍我认识了一个莎士比亚专家，专家滔滔不绝地给我讲述着莎士比亚的许多作品，我却如同堕入云里雾中，不知所云。记得他提到有一个莎士比亚迷——美国女人迪利亚·比库，她曾经长时间在莎士比亚墓地徘徊，甚至企图打开墓穴，最终变成了疯子。她还怀疑莎士比亚的作品并不是莎士比亚本人创作的，而是弗朗西斯的作品。你不要以为这个人是弗朗西斯的亲戚。莎士比亚一生创作了三十六个剧本，其中最著名的作品是《罗密欧与朱丽叶》，至今已经被翻译成几千种文本，并且盛传于世界各地。但是，有些批评家却忽略莎士比亚的存在，认为‘他’实际上是一群人，对于这一点，近两个世纪以来一直争论不休。除了《罗密欧与朱丽叶》之外，我认为《雅典的泰门》《麦克白》等还是具有代表性的。我第一次见到苏宰的父亲时，差一点儿用莎士比亚的语言，好在她父亲并没有在意。因为我与她经常开玩笑，所以她确实是理解了。”

“有一次，她在做饭，我无所事事，随便说道：‘在丹麦有一种东西是腐败的。’不料，她生气了，说：‘我要顺便吹捧任何一个男人。’平时，如果有什么人在看她，我就说：‘你的脸面如同一本书，男人们惊奇地阅读着，寻找奇特的东西。’她马上说：‘他的诗歌格调低下，人们恨不得把他撕烂！’”

“她给我介绍认识吉姆斯·朱威斯，我在巴黎见过他，他是现代小说之父。他的小说无头无尾，没有任何信仰，没有善良也没有邪恶，没有故事也没有评论。在一行里有几十个模棱两可的暗示和含糊其词的谜语。她说：‘任何人如果不深入地阅读、理解历史、哲学、希腊人的遗产、宗教和心理学以及充分地认识爱尔兰的知识，就不能欣赏和领会《尤利西斯》。’我说：‘这可是个困难的要求。’有一位阿拉巴斯坦的评论家对我说，他在一个夜晚就通读了《尤利西斯》，并且全部领悟了。这显然是个谎言！尽管苏宰做出最大的努力，我虽然用了七年的时间，夜以继日地看，还是没有超过一百页。当然，这要把烂醉如泥的时间排除在外。”

“有一次，朱威斯对一个崇拜者说：‘他用了七年的时间写成一本书，谁若是想完全理解这本书的含义也需要七年的时间才行。’《尤利西斯》是本奇特的书。由于其中有淫秽内容直到1933年美国才予以解禁，而英国在1937年才放行。我一拿到这本书，便从头到尾翻遍了整本书，为的是寻找‘淫秽内容’，却一无所获。只是看到了一些真实的文学。苏宰十分欣赏这本书，她是朱威斯友人俱乐部的成员，这种俱乐部遍及世界各国首都。他围绕这个故事写了三千本书，可是我没有能够写出一本关于我工作的书。我始终不明白苏宰为什么那么喜欢朱威斯，她是真诚的，忠实于别人，她认为《尤利西斯》是英国文学中最真实的小说，用一千页描写一天！朱威斯喜欢创造奇迹。这本书是如何翻译成阿拉伯文的？感情冲动？浮想联翩？我不是评论员，不能妄加评论。我曾经表示并不喜欢《尤利西斯》，苏宰耐心地一页一页地朗读给我听，可是我却当作了耳旁风，我实际上没有读过尤利西斯作为主人翁的希腊原始的神话，我讨厌希腊，不喜欢它的神话。”

“朱威斯的女儿劳斯得过天花，戴高乐的女儿患有痴呆症，肯尼迪的妹妹也是。这使得人们容易把天才与病患联系在一起。《尤利西斯》是费解的，《尤利西斯》写一段要花两个月的时间，阿拉伯人写东西从来没有用这么长的时间，即使是头脑迟钝的人也没有这样的经历。《尤利西斯》作者在写书时确信将来没有人能够看得懂，它永远没有读者和评论家，而只有议论的人。如果你遇到有人说他理解了他的书，那么你完全可以当众对他说‘你是个骗子’。艾布·哈什德就经常这么干。我是通过苏宰认识艾布·哈什德的，我在开始接触英国文学时，感觉到由于对英国文学认识的浅薄而难受、悲哀。我身不由己地跑到图书馆去翻阅有关阿拉伯和伊斯兰的书，我翻阅到了穆泰纳比的诗集，我拼命地翻阅着、朗读着、默记着。”

“我曾经想和苏宰合作翻译穆泰纳比的诗集，她那时挺喜欢我从阿拉伯文翻译的一些作品。我常常逗她：‘你已经是我们的一部分了。’可惜的是，我们没有能够把穆泰纳比的诗集翻译成英文，也许是因为翻译得很地道实际上不是那么容易吧。我翻阅了许多书，其中有俄罗斯的、法国的、美国的、英国的和阿拉伯的。其中俄罗斯的小说特别感动人，尤其是《战争与和平》，那是人类的杰作。但是，此书用四页描写比伊尔的西服，用三个篇幅描绘娜塔莎的笑，有点儿没有必要。你没必要有一本人类大字典去查阅及了解人们所说的意思是什么。苏宰领我到过好多地方，到过许多小说故事的现场——大部分是在蒙特利尔等地方，带领我去《愤怒的交易》《烙印大街》中所描写的地方。英语翻译中对于名字的处理是个难题，正如在联合国工作的同声传译所说的，许多名字传译得并不确切。我在阅读《老鼠与人》时曾经流泪了。主人公的个性让人同情。”

“我和苏宰在一起是愉快的，今天到码头，明天到农场，上周到沙漠，下周到军营。我很注意收集他们的风俗习惯，她着重采集他们的歌曲、民谣。我们到洛杉矶时，她在空旷的地方自己表演莎士比亚的剧作，显然很惬意。我们就这样嬉戏着、玩笑着、愉快着，引得路人驻足观看，议论纷纷。但是，没有什么人取笑我们，质问我们。反而对我们投来羡慕的目光，他们说：‘别打扰他们，看着就行了。’‘这个姑娘只是爱他一个人。’我在心里说：‘啊，亲爱的，我爱你，直到你的爱成为我每天需要的、在明媚阳光下安静的爱。’当时，那里有一家广播电台每天午夜后广播两个小时诗歌。这个节目称为《第九朵云彩》，只要有机会，我们就在那里静悄悄地倾听。节目开头广播一首诗《我怎样爱你》。你难以想象一个美国姑娘能有充分的耐心在那里倾听这一切，现在已经没有了。她为我的朋友们准备可口的饭菜饮料，她已经习惯了，我的朋友们也都习惯了。”

“她以英国文学博士的身份提前两个月毕业了，当我看她戴着博士帽、穿着博士衣服站在我面前时，我为她自豪。她还要继续攻读比较文学博士学位，她决心研究比较莎士比亚与穆泰纳比的作品。你想象一下吧，一个生长在美国的只有十九岁的姑娘，一个校花，父亲是百万富翁的人，是那样如饥似渴地攻读博士学位。她要写关于穆泰纳比的论文！她对于像我这样平平常常的阿拉伯人一点儿也没有大国的架子，反而向我敞开胸怀，毫无保留地爱我，邀请我出席音乐会，听舒伯特、贝多芬的交响乐。尽管我在剧院从头睡到尾，她还是滔滔不绝地向我讲述舒伯特、贝多芬的交响乐的精华部分。当然，对于贝多芬的交响乐应该没有人不愿意听的，除非是贝多芬自己，因为他是听不到声音的。”

“我那时是阿拉伯学生联合会的主席，每次我们联合会搞活动，苏宰都会积极地参加。她的热情使我异常感动，也感动了我的朋友们，她往往成为集会的核心人物。她对于这种集会好像已经习以为常，主动地预定场地、房间以及开会所需要的一切。她还准时到机场、车站、码头去迎送联合会的代表们，做到万无一失。有时，她还安排她父亲公司的职工来帮忙，有时则求助于她的女性朋友。她好像不知道什么叫累、麻烦，从来没有什么怨言，不想得到什么报酬，而是任劳任怨、一丝不苟、踏踏实实地干。你要知道她是一个富有的女性，一个出生于名门贵族的女性啊。”

“你知道都有谁参加了我们的集会吗？有穆斯塔法·阿卡德——后来成为非常著名的导演和制片人，当时他是一个无名小卒，一个就读于南加利福尼亚大学电影系的学生。那时，我们作为斯坦福大学的学生有点儿瞧不起其他大学的学生，特别是加利福尼亚大学的学生，他们是一群富家子弟，整天装腔作势、挥霍无度，尤其是那些足球队队员，个个趾高气扬，旁若无人。加利福尼亚大学是美国唯一的一个选举尼克松对抗肯尼迪的大学，所有的学生和老师都是反对派，没有一个是自由主义者。但是，有两个专业的学生还可以，一个是电影专业，一个是牙科专业。”

“穆斯塔法·阿卡德有远大的理想，他梦想出品关于先知的生平——萨拉丁、欧麦尔·穆赫塔尔的电影。许多天以后，他实现了两个梦想：他制成了影片《使命》和《欧麦尔·穆赫塔尔》。但是，他却遭到了始料未及的重大损失。那里有一百万穆斯林，这么好的电影却不叫座。万般无奈，他只能转而拍摄恐怖影片。他的十二集电视连续剧《哈勒威》使得他成为富翁。”

“穆斯塔法·阿卡德在集会上见到苏宰，非常高兴。他想把她培养成为好莱坞的电影明星。当我要去答辩我的学士论文时，苏宰建议我的论文应该在穆泰纳比的诗歌中表现出对社会环境的影响。多么好的姑娘！这时，我们已经认识有两年了，彼此之间有了充分的了解，在她的建议下，我已经在比较文学领域取得了一点儿长进。我们共同经历了许多令人难忘的时刻，驾驶汽车访遍了美国的大部分地方，在纽约观看了许多著名的舞台剧，我们还去过墨西哥，在水波荡漾的湖边待了一个月，参观了白宫和五角大楼，在密西西比领略了马克·吐温当年的经历。她在世界上最好的美容院里进行美容，从来不重样，她习惯于穿牛仔裤。她周围的人都说她是最富裕的人，可是她却不以为然。”

“那是她二十三岁的生日，3月15日。我们从早晨六点就开始庆祝活动了，我们走出家门，驾驶汽车来到码头。我给她带来了一个惊喜——一个汽艇，我们手拉手登上了汽艇，开始了海上旅行。一个姑娘的生日庆祝活动安排在海上，是不是十分浪漫？非常惬意？这个主意是不是异想天开？真是一个历史性的旅行。我们玩得很开心，直到半夜才回来。我们带回来许多鱼，伴随着月光，十分销魂！她告诉我她要在第二天和她的父母一起过，我很理解她。我们之间的关系是非常密切而默契的，从来也没有问：‘你到哪里去了？’‘为什么迟到了？’‘你和谁待在一起？’‘你为什么让我单独行动？’‘你忘记我了吗？’‘你怎么变了？’她要和自己的亲人在一起，这是很正常的。我当然认识她的父母，她的父亲叫理查德，母亲叫玛格利特，他们有时称我‘迪克·马尔基’。她生日这一天是与‘迪克·马尔基’一起度过的。可是，万万没有想到，悲剧发生了！”

“我们回到我的小屋时是晚上九点多，她像往常一样靠在我的身上，亲吻我，说：‘亲爱的，我爱你。’我把她搂在怀里说：‘我也是。’她从兜里掏出一个大卫星！这是一个镶嵌得很精致的大卫星。我一下子惊呆了：‘你是犹太人？这是大卫星？’‘是的，这是我的父母送给你的礼物。’她的脸红了，语塞了。‘你怎么会是犹太人呢？’我简直不敢相信这是真的。‘你难道没有注意到？’她奇怪地问，‘你怎么啦？你的神情不对啊，你不舒服吗？’我尽量控制着自己不要失态，可是却不能自已，好像整个世界都变得模糊起来。”

“突然，我的手扬了起来，只看到她突然倒在了地上。我打了她！一个年轻的、身体强壮的姑娘怎么一下子就被我打倒在地？我怎么了？怎么用那么大的力气打我心爱的姑娘？我疯了？神经失常了？”

“我只是疯狂地叫喊着：‘犹太人，犹太人！以色列是我最憎恶的！犹太人与我们不共戴天！你难道不支持我们的巴勒斯坦事业吗？你是以色列的间谍？’苏宰从地上站起来，用我从来没有听到过的尖厉而果断的声音冲我叫道：‘我没有欺骗你！难道你问过我吗？如果你问过我，我肯定会告诉你真实情况，我还真的以为你是知道的。因为所有的人都知道我是犹太人。’我又打了她，比第一次还要厉害。但是，她没有倒下来。你知道我不是一个暴力主义者，我是文明人，习惯于男人和女人用对话解决问题。这是我第一次，也是最后一次打一个女人啊。我张牙舞爪地咆哮着：‘难道我是唯一不知道你是犹太人的人？一个美丽无比的犹太女人！一个叫苏宰的犹太姑娘！’突然，我看到她的眼睛里流露出万分藐视的目光，好像我对于她来说成了一件一文不值的东西，我成了西班牙斗牛士，疯狂地咆哮着。我们的关系从我像西班牙斗牛士开始，就要像西班牙斗牛一样结束了。但是它们之间的差别竟然那么大，幸福地开始，悲惨地结束！‘西班牙斗牛士’怒不可遏地疯狂地砸东西——电视机、电冰箱、电话、瓶子、罐子、玻璃窗……一切可砸的东西顷刻之间都报废了。”

“苏宰走出家门，没有留下一句话。我继续砸我的东西，也不知道过了多久，有人敲门，进来了三个警察。为首的拿着枪，对我说：‘跟我们走一趟！’我正要反抗，另外两个人把我死死地架在中间，给我铐上了手铐，然后把我带到大街上，塞进了警车。不一会儿，我发现自己已经置身于警察局里了。我想踢那个推我的警察，没想到我自己却倒在了地上。我拼命挣扎着要站起来，后面的警察用塑料电棍击打我的后脑勺儿，我顿时失去了知觉。”

“当我苏醒过来后，有人告诉我说有人要见我。警察把我带到一个小屋子里，苏宰的父亲在那里等着我。他向我伸出了手，说：‘非常糟糕的消息！苏宰的汽车翻了，她死了！’我的面前立刻天昏地暗，如同五雷轰顶！不知道过了多久，耳边传来了声音，犹如是从遥远的天边飘过来：‘她已经怀孕三个月了，你知道吗？’我又一次昏迷了。后来的一切，我都记不得了。”

“当我稍微清醒一些时，我的面前出现了约翰逊大夫，只听他说：‘你曾经在拘留所里企图自杀，用头撞墙，你企图割断手腕上的血管，你还绝食。这样，他们不得不把你送到蒙特利尔诊疗所。’”

“‘他们？’”

“‘你的朋友们。’”

“世界上的事情真是无奇不有。刑法上有规定，对于一个神经有问题的犯罪嫌疑人可以减刑或者免除刑事处罚。我并不知道我是不是真的是神经病患者，但是，有一点是可以肯定的，那就是我曾经神经失常。大夫，你是怎么看的？”

“教授，听说你还打了约翰逊大夫。”

“你疯了吗？你相信那是真的吗？”

“约翰逊大夫挑衅你了？”

“挑衅？怎么挑衅？”

“他说：‘是你杀死了美国犹太人苏宰！你这个肮脏的阿拉伯人！’你不是这样告诉过我吗？”

“也许不是他亲自这么说的。我想再说说苏宰——”

“算了，教授，还是说说别的吧。”

“好吧，我曾经对你说过，我在部里担任重要的工作，对于制度进行必要的改革。我在部长办公室就建立了五十一个委员会，让他们互相竞争，由我来做决定。这些委员会有‘部长摄影委员会’‘部长分配照片委员会’‘发布部长消息委员会’‘部长信笺回复委员会’‘部长图书购买委员会’‘部长图书出售委员会’‘部长礼宾接见委员会’‘部长敌人观察委员会’‘部长美容委员会’‘部长取悦亲戚委员会’‘部长对立面流言检测委员会’‘部长有利言论发布委员会’‘部长报告委员会’‘部长俏皮话委员会’……总之，诸如此类的委员会不胜枚举。我的意思是放开手脚，发动群众，让民主之风吹遍整个部。这样，部长的工作就是有成效的了。刚一开始，看起来还不错，各个委员会都争先恐后地大干起来。可是，不久问题就出现了。我组成了‘部长项目开幕委员会’，这个委员会为我安排了所有项目的开幕仪式，我很快就感觉到力不从心，难以应付。不过，渐渐地我也习以为常了，甚至在一天的时间里需要十个项目的开幕仪式才能满足我的虚荣心。”

“如今时兴新闻效应，宣传的力度是不是够大，直接影响领导人的声誉。领导人的讲话和照片一定要经常出现在新闻媒体上。如果人们在报纸期刊上看不到我，那我就再出席更多的开幕仪式，每天都出席。那么，人们会说：‘教授多么勤奋。’否则人们就会说：‘教授真懒惰。’越来越多的开幕仪式也使得敌人找到了机会。有时我要为五星级的饭店开幕式剪彩，接着为四星级的饭店开幕式剪彩，后来就给过二星级的饭店开幕式剪彩，最后就给蜡烛饭店剪彩了。大饭店剪彩完了，就给小饭店剪彩，这些都剪彩完了，轮到烧鸡、烤肉店了。我有一套出席各种开幕仪式的计划和办法，不愁没有事情做。我每天的感觉就如同任何一个普通的公民尝到久违的香喷喷的烤肉一样。我在开幕仪式上致辞道：‘今天，我的感觉就如同每一个人向往烤肉一样，特别是在冬天饥肠辘辘的时候。’”

“修理汽车的买卖是十分赚钱的，汽车撞坏了、掉漆了、年久失修了、被打了窟窿了什么的，都得到汽车修理行里来。城市里的汽车越来越多，汽车修理行也就越来越多，我出席剪彩活动同样也多了起来。我在开幕仪式上说：‘我今天的感觉就如同每一个汽车受到损坏的车主一样。’由于此类活动太多，下面的人就建议组成一个‘部长突然临时参观访问委员会’，以应付随时随地发生的类似活动。这样，我每天都能够随时随地突然出现在某某项目现场，只有报纸的主编、电台的台长等新闻媒体的负责人知道我的行踪，对于其他人一律严格保守机密。这么做取得了很大的成功。搞突然袭击是我的拿手好戏，我经常乔装打扮突然出现在一个普通的饭馆，深入到厨房重地，厨师根本没有想到我会到来，他们来不及消灭到处都有的蟑螂。面对这种极其严重的情况，我就当即决定把这个厨房重新粉刷一遍，全部涂上绿色。这样，我的命令就起到了一石二鸟的作用，成效十分显著。同时，我重新命名这个饭馆，他们就得重新开张，请我去出席开幕式。”

“有一次，我在没有预告的情况下，突然袭击了烤肉店，发现那里正在烤猫……我不能袖手旁观，我不能容忍这种情况持续下去。于是我当即命令把‘烤肉店’改成‘烤猫店’。他们照例得重新开张……当然，他们不会那么傻，刚开始，只能烤猫肉，光临的顾客只有狗，狗吃了猫肉肥胖起来，再烤狗肉，就这样小规模经营，滚动发展。后来，就开始烤各种各样的肉，骆驼肉、鸡肉、兔子肉、狗肉，成为系列产品，结果打出来了品牌。这样一来，这里的猫没有了，狗也没有了。我经过深思熟虑，给这种烤肉店取了个名字叫‘远东烤肉店’。”

“有一次我在半夜乔装成一个怀孕妇女突然到中心医院急诊室，装作很危险的样子，护士们急忙急促地把我放在床上，不由分说把我推进了手术室。我刚要向她们说明：‘我是部长！’她们就给我戴上吸氧口罩，用力将我按住，给我打了麻药并迅速地打开了我的肚子！当然，她们在我的肚子里找了半天也没有找到婴儿。尽管如此，她们仍然不甘心，既然已经剖腹进行手术了，就进行到底！她们认为这是个搞研究的好机会，于是便决心清除部长‘多余’的器官，摘除了盲肠、扁桃腺、鼻窦、胆囊、胰腺、结肠、脾脏。总之，假如不是麻醉药过时，我终于从昏迷中清醒过来了，我的许多敏感器官恐怕都会被她们摘除了！我被迫在床上待了几个月！我命人在我房间的顶棚上加上铁丝网，所有的文件，什么电报、传真、请示、报告等都挂在铁丝网上，以便于我躺着审批。我是勤奋的，晚上睡不着觉就以审批这些东西打发时间。”

“作为负有重大责任的部长，我要处理的事情是很多的。我一边看有关的文件，一边命令身边的助手起草我的命令：‘负责重要事务的部长在审查了第6785432162号案件以后，参考了部长助理提供的第73215443号建议，根据部里有关规定，决定允许急用者使用部里的打字机不超过两分钟，每次不超过四行。教授（签名）。〔附件另存部长助理、部总工程师并告助理工程师、实习工程师、主管打字机的工程师、使用部里的打字机急用者、职员事务管理处、财务处、文件处、公共事务处〕。’所有的事务都是如此严肃处理的，诸如吸烟、染指甲、理发、买大头针、购买报纸等。”

“我躺在床上，难以动弹，不能行走，当然除了签字以外，所以有些事情不得不进行权力下放。你想想啊，我习惯于用右手签字，直到右手发麻，不得不用左手签字，结果左手也发酸了，后来，我不得不用脚丫子签字，用牙齿签字。尽管如此，各种困难没能阻挡我签字。说实在的，签字是一种习惯性的机械动作，根本谈不上是什么难题。最让我感到有压力的是为了一个决定而苦思冥想，没完没了地做决定，部里的决定是部的生命，如果没有这些决定，部里就没有什么工作可言。是的，这些决定直接关系到从上到下每个人的切身利益，关乎他们的日常生活，所以非常重要。忽视各种决定怎么能行？难道我能够容许一个职员随便使用自来水？难道我能够看到一个职员随意留发型？我是同意买十二个信封还是不同意？真是伤脑筋啊！我不对这些事情及时作出相关的决定，我就睡不好觉。决定越来越多，压力越来越大，结果我的血压升高，手冰凉，最后不得不到胡巴卡资去补脑袋。”

“谈到补脑袋，我就不得不再提一下约翰逊大夫，再说说那个诊所。约翰逊大夫污蔑我杀死了苏宰，不管是有意或者是无意，我在这里并不想争辩这件令人伤感的事情。我想离开诊所，人们却奉劝我：‘你确实是累了。’‘你应该好好地休息一下。’‘只不过是一个礼拜或者两个礼拜而已。’‘你的创伤挺严重的。’‘当你从这里离开时你会感到神清气爽。’诸如此类的语言安慰要重复上千遍。我还是断然拒绝了，我要马上离开诊所。你知道在美国，法律规定任何诊所只能根据患者自己的意见或者法院的决定决定去留，而绝对不能强迫。因为，有的人为了摆脱自己的责任而污蔑对自己不利的人物是神经病患者而强迫其留在医院。问题是我断然拒绝了，我要马上离开诊所，而约翰逊大夫却坚持要我留下。”

“问题复杂了，只能由法院裁决。我们一起来到法院，我一个人面对一群人：约翰逊大夫、警察局的代表、阿卡尔·萨布卜和一些卫兵。法官是个白胡子的面色庄重的人，他看了我一眼，说：‘你知道你为什么到这里来吗？’我只是摇头作为回答，没有说什么。法官又说：‘你要知道我将宣布一个决定，这个决定对于你和公众都是有利的。’我仍然只是摇头作为回答，没有说什么。法官说：‘我希望你自己说明，用你自己的话来说明事情的来龙去脉。’”

“我说：‘我知道那些夜晚，那时我们都还没有出生；我们成长时，夜晚没有给我们知识。’”

“法官转过头去问萨布卜：‘他说什么？’”

“萨布卜说：‘他好像是在朗读一首古代的诗歌。’”

“‘什么意思？’”

“‘意思是在眼皮下没有什么新东西。’”

“法官说：‘从某种角度讲好像有点儿道理。’说完，法官又对我说：‘你被带到警察局的那天晚上发生了什么事情？’”

“我说：‘我曾经临近死亡，那种愿望强烈起来，但是，大的却变成小的。’”

“法官转过头去问萨布卜：‘他说什么？’”

“萨布卜说：‘他朗读了一段古代的诗歌，我没有听明白。’这时，约翰逊大夫插话说：‘尊敬的法官大人，很显然病人不愿意合作。’”

“法官问我：‘你认识舍兰基夫妇吗？’”

“我说：‘也许是学者们造就了他们，而他们变成了孤独的人。’”

“法官问阿卡尔：‘他说什么？’”

“阿卡尔说：‘我不明白他指的是什么。’”

“法官又问我：‘你的英文说得很好，请你用英文回答我。’我摇了摇头。法官说：‘那我们从头开始：你叫什么名字？’”

“我说：‘他们对我说，你到过所有的国家？’”

“法官转过头去问萨布卜：‘他说什么？’”

“萨布卜说：‘他好像是在说他拒绝说明他的名字和身份。’”

“法官生气了：‘你给我好好听着，年轻人，我的忍耐是有限的，如果你从现在起不用英文回答我的问题的话，那么，我就认为你的行为是对本法院的藐视。我将要命令逮捕你，你听明白了吗？’我说：‘明白了。’他说：‘这就对了。那么，你能够告诉我你叫什么名字吗？’”

“我说：‘法官大人，我的名字叫苏贝尔·马尔基。’”

“法官看了看约翰逊大夫，只见约翰逊大夫的脸上显示出故意表现出来的极度伤心的样子。法官转身对他大声说：‘年轻人，我要根据你的回答来作出严肃的决定，因此，我警告你不要跟我玩猫腻！’”

“我说：‘法官大人，我不打算玩什么花活儿，我重视自己说的话，我的名字叫苏贝尔·马尔基。这个名字又是所有人的名字：不管是阿卡尔·萨布卜，或是这个约翰逊大夫，甚至是你，尊敬的法官大人，你也是苏贝尔·马尔基。’”

“法官站了起来，说：‘好吧，现在我给你最后的机会，你说所有人的名字都是苏贝尔·马尔基是什么意思？’”

“我说：‘尊敬的法官大人，准确地说，比如说你，法官大人，你的雪白的胡子、你的香水、你的眼镜，这里的玻璃窗、你的鼻子……’”

“‘够了！’法官打断我，转向书记员：‘基于加利福尼亚州赋予我的权力，我决定把这个病人巴萨尔留在蒙特利尔诊所，由约翰逊大夫监护，三个月后重新在本法院审理。’就这样，我又一次回到了诊所。”

“约翰逊大夫监护我，对我展开了激烈的、历史性的、顽强的斗争，要从我头脑深处挖掘出所有的丑陋恶劣的罪行。他问我：‘你是在哪里出生的？’”

“我说：‘在沙子与泉水汇合的地方。’”

“‘在石油国家？’”

“‘一个很热的地方。’”

“‘你有多大了？’”

“‘和你现在一样。’”

“‘你有兄弟姐妹吗？’”

“‘是的。’”

“‘几个？’”

"'我没有数他们，七个兄弟？六个姐妹？或者相反？'"

"'他们是一个母亲生的吗？'"

"'三个母亲。'"

"'你的亲兄弟、姐妹有几个？'"

"'三个兄弟？两个姐妹？或者相反？'"

"'你还记得你的童年吗？'"

"'我记得这里、那里。'"

"'你的童年幸福吗？'"

"'不错，跟大部分人的童年差不多。'"

"'你怎么会知道大部分人的童年情景？'"

"'这仅仅是我的想法。'"

"'听着，我并不需要你有什么看法，我需要你提供情况！你和你的母亲的关系如何？'"

"'一般吧。'"

"'一般是指的什么？'"

"'我是指所有的孩子和他们的母亲之间的关系。'"

"'但是，你并不知道所有的孩子和他们的母亲之间的关系。'"

"'是的。'"

"'那么，你又是指什么呢？你说你和你的母亲关系一般，为什么？'"

“‘我是指她对待我就如同对待我的其他的兄弟、姐妹。’”

“‘你是指你的亲兄弟、姐妹？’”

“‘不，不是亲兄弟，他们不和我们一起住，每个母亲与她的孩子都有单独的房间。’”

“‘啊，啊，啊，这非常重要。’”

“‘怎么重要？’”

“‘兄弟之间互相竞争。’”

“‘竞争？’”

“‘你不是说每个母亲与她的孩子都有单独的房间吗？’”

“‘是的。’”

“‘这样的话，不就在兄弟之间引起激烈的竞争了吗？’”

“‘我没有看到过。’”

“‘你没有发现有什么问题吗？’”

“‘没有什么大问题，有的只是寻常琐事。’”

“‘你说的寻常琐事是指的什么？’”

“‘在玩耍中、瞎闹中、吵架中的事情。’”

“‘吵架？你的兄弟们打你吗？’”

“‘我哥哥打过我，我打我弟弟。’”

“‘啊，啊，啊，这一点也非常重要。打得厉害吗？’”

“‘不，扇这儿，踢那儿。’”

“‘你是不是感觉到你的兄弟们讨厌你？’”

“‘不，只是在吵架时。’”

“‘你们是不是经常吵架？’”

“‘不，正如其他普通的家庭一样。’”

“‘你具体指什么？’”

“‘我具体指我们并不是每天、每个礼拜都吵架，而是每两个月才吵一次。’”

“‘你与你的姐妹之间发生过性关系吗？’”

“‘什么？’”

“‘你没有听懂我的问题？’”

“‘不，我和我的姐妹之间从来没有发生过性关系。’”

“‘你与你的兄弟之间发生过性关系吗？’”

“‘什么？’”

“‘你没有听懂我的问题？’”

“‘我和我的兄弟之间也从来没有发生过性关系。’”

“‘你是不是希望你与你的姐妹之间发生性关系？’”

“‘不。’”

“‘对你的母亲呢？’”

“‘什么意思？’”

“‘不是有一种性爱的感觉？’”

“‘没有。’”

“‘你能够肯定吗？’”

“‘百分之百地肯定，我对于我的母亲是一种纯洁的人类之爱。’”

“‘那么，对你父亲呢？’”

“‘我对父亲的感情也是一种纯洁的人类之爱。’”

“‘是这个意思，我是说你的父亲对你的母亲的感情。’”

“‘他们之间的关系非常好。’”

“‘性关系？’”

“‘约翰逊大夫，你是不是认为我、我的兄弟、姐妹们有什么问题？’”

“‘这个问题同样是十分重要的，我们还是说你吧。你是什么时候开始产生性欲望的？’”

“‘成人以后。’”

“‘成人？什么时候？’”

“‘差不多在十二岁。’”

“‘那么，你是什么时候开始产生性欲望的？’”

“‘差不多是在十岁。’”

“‘你是说你记不起来究竟是在几岁了，或者说你能够肯定在这之前没有性感觉？’”

“‘我实在是记不起来了。’”

“‘你也许是在这个时候已经产生了性感觉，但是，你实在是记不起来了。你的性感觉？’”

“‘我开始喜欢和女孩子在一起。’”

“‘你是不是把她们当作自己的姐妹？’”

“‘不，我把她们当作仆人。’”

“‘啊，啊，啊，这又是很重要的一点，在你的家里有仆人吗？’”

“‘是的。’”

“‘我已经忘记了究竟有多少。’”

“‘有多少？’”

“‘大概有三个老人，三四个年轻人。’”

“‘你的家庭地位是不是很显赫？’”

“‘平平常常。’”

“‘你出生于资本家家庭？’”

“‘我们是哈德利叶家族，不是知名的家族。’”

“‘既然如此，那么，你们家里怎么会有那么多的仆人？’”

“‘约翰逊大夫，这些问题并不是与发生在这里的事情有关系，那是在一个炎热的国家、一个沙子和泉水汇合的地方，在第二次世界大战之前发生的事情啊。我们家最初是经商的。’”

“‘好吧，你以前是与女仆在一起玩的，而那时你已经有了性欲。这个女仆叫什么？’”

“‘穆尼拉。’”

“‘当你有了那种欲望时，你都干了些什么？’”

“‘我没有干什么，只是继续玩耍而已。’”

“‘你们在玩什么？’”

“‘捉迷藏。就是一个人蒙上眼睛，四处寻找另外一个人。’”

“‘当你捉到她时，你摸她了吗？’”

“‘是的。’”

“‘这个游戏是怎么结束的？’”

“‘我或者她叫了起来。’”

“‘你们家里有男仆人吗？有多少？’”

“‘差不多和女仆人一样多。’”

“‘他们当中有人猥亵你吗？或者说你是不是猥亵过他们中间的什么人？’”

“‘没有。’”

“‘你一直和穆尼拉在一起吗？’”

“‘她在十五岁时结婚了，她和她的丈夫经常来看望我们，还带来了他们的孩子。’”

“‘她的孩子？她是不是在十五岁时就有了孩子？’”

“‘不，她是在十六岁时才有的孩子。’”

“‘你究竟是和哪位女仆人发生了第一次性关系的？’”

“‘和第三个。她叫扎哈拉。那不过只是在一起玩玩。但愿我每天都能够这样玩。’”

“‘只是在一起玩玩？扎哈拉是个什么样子的仆人？’”

“‘她差不多有十四岁左右，那个时候没有生日证明。她比我大一点儿。’”

“‘你能够说是她强奸了你？’”

“‘她没有强奸我。我们在一起玩耍，玩医生和病人的游戏。’”

“‘啊，啊，啊，你们那里还会玩医生和病人的游戏？好吧，我要详细地记录下来，由此证实法拉威所说的在文明地区类似的性游戏的可信程度。说吧。’”

“‘我扮演医生，因为那时我们那个地方还没有女医生。我为她检查身体，在厨房里，我装着外科医生为她解剖，然后再把肚子缝上，她痊愈了。’”

“‘不，不，不，性关系并不是像你所说的这样，这是不是就证实了法拉威所说的在文明地区的类似的性游戏？你老实交代，你第一次的性经验到底是在什么时候？’”

“‘你是指性交？’”

“‘是的，是指性交。’”

“‘差不多是在十六岁吧。’”

“‘和谁？’”

“‘和另外一位女仆。她当时快有三十岁了。’”

“‘她强奸了你？我们现在谈谈苏宰。’”

“‘我不愿意谈她。’”

“‘你不想谈她是不是你良心受到的谴责？你是不是认为你自己要为她的死负责？’”

“‘不。’”

“‘那么，你如何解释她的死亡原因？’”

“‘她的死亡原因是没有必要解释的，她死了。’”

“‘你们穆斯林相信一切都是命中注定的，由此可以解脱所有的责任，是不是这样？’”

“‘我们信奉安拉的判决、安拉的地位，相信意志的自由。’”

“‘难道你就不认为你对于她的死应该承担最起码的责任吗？’”

“‘不，苏宰在她命里注定的时刻死去，即使是没有发生争吵。’”

“‘但是，争吵与她的死有着直接的关系。’”

“‘约翰逊大夫，你是怎么知道的？我认为争吵与她的死没有直接的关系。她没有死于打击，她死于车祸。’”

“‘她是在与你争吵后，精神极度冲动、极度气愤的情况下发生车祸的。你们作为穆斯林，认为人的死是有寿数的。她作为犹太人是没有错误的。’”

“‘难道你不认为你的行为是激烈的、敌意的吗？’”

“‘不，我的行动在那种情况下是一种自然的反应。我生气是因为她对我隐瞒了她是犹太人的真相。’”

“‘你厌恶犹太人？’”

“‘不。犹太人的信仰是一种宗教信仰，而犹太复国主义则是一种政治立场。犹太复国主义者强占巴勒斯坦的土地，反而把巴勒斯坦人赶出他们的家园。’”

“‘说到苏宰的死，难道你不认为她向你隐瞒她是犹太人的真相是阿拉伯的诗人们提到过心脏、肝脏、肋骨，但是，直到二十世纪末，他们对于人的大脑的描绘还是肤浅的。让我们说一些事实吧：人的大脑细胞有不少于一千个细胞，在这些细胞之间有两万五千个联系渠道。你把你的计数器拿出来，仔细地计算一下，它们每一分钟有多少次联系？有谁能够知道如果有一股电流突然落在这个庞大的联系网上会产生什么样的效果？不是有人被施以电刑处死吗？’”

“这是在上述谈话谈崩了以后的翌日，约翰逊大夫和四个膀大腰圆的护士出现在我的面前。他们都穿着白大褂——给病人以温存、祥和感觉的白大褂，约翰逊大夫手里拿着一根针向我展开慈祥的微笑，慢语轻声地对我说：‘小小的一根针，教授，请和我们合作。’我看到约翰逊大夫就胆战心惊，这回看到他手里的针，就更加颤抖不已。我忙说：‘我不需要打针。’我刚刚说完，那四个膀大腰圆的护士就围了上来，不由分说，把我按住，给我打针。小小的一根针头，扎进了我的血管里，它的效果很快显现了出来，我马上就变成了一个冰雕，心里明白，却一动也不能动。四个膀大腰圆的护士把我从床铺上提了起来，放到一个小推车上，撒开了脚丫子就跑。穿过花园、大厅，来到一个白色的小屋子。在那里，他们把我紧紧地捆绑起来。约翰逊大夫又给我打了一针，我几乎完全昏迷了过去。我感觉到从来没有过的疼痛，难以言状的痛苦，浑身上下颤抖不已。我同时也感觉到一团火从我的耳朵钻进脑袋，然后到了全身各个部位，直到脚丫子。这时，有人用力地摇晃我，骨头麻酥酥地痛，牙齿咯咯直响，我完全昏迷过去了。”

“几个小时以后，我慢慢地苏醒过来，头疼得厉害，疼得我真恨不得死了算了。过了好久，来了一个女护士，我问她那些人是怎么对付我的，她漫不经心地说：‘电疗。不要害怕，你会慢慢好起来的。’相同的话，约翰逊大夫也对我说了一遍：‘再进行五次，你就会好了！’”

“‘你这是什么意思？’”

“‘就是说你将要感觉良好，完全变成另外一个人，一个崭新的人，一个温存的、不再发脾气的人。我们会继续分析你的病情，然后对症下药。’”

“谁遭罪谁知道，此后的几天，我的日子犹如是在火狱里面度过的，那种痛苦绝对是一般人所不能忍受的。如果把我受到的痛苦分摊给全世界的人，那么，他们就会全部被消灭，在痛苦中死去。等到全部程序进行完了，我变成了一个植物人，没有知觉、没有感受、没有思想、没有……我多次想到自杀，可是却怎么也想不出什么是最便捷的途径。在诊所？非常困难，因为我受到最严密的控制，也没有办法得到毒药、手枪、匕首、绳索、打火机。可是，我一直在琢磨、想办法。”

“一天夜里，我好像睡着了，觉得周围没有人了，我在半昏迷中慢慢睁开眼睛，恍惚中，我看到有一些幽灵在我的周围跳舞。你听说过吗？乐园里的男精灵个个张牙舞爪，而女精灵个个披头散发，他们的个头比现实中人要小，他们的鼻子、眼睛、嘴巴、耳朵都是面目皆非的。但是，他们的听力、嗅觉都很好。至于部落里的精灵就不同了。”

“那些精灵围着我，不停地跳舞，不断地俯下身来，对我说：‘欢迎，欢迎，教授，我们都是亲戚、兄弟、姐妹，我们实现了社会的平等、和平。我们互相建议让自己的儿女们互相结婚，但是，有的却不同意，认为部落的儿女与哈达利叶人的儿女不能结合。有的非常生气，发誓非要娶对方的儿女不可！’”

“我说：‘你们就去争取吧。如果对方执意不肯，那你们就报复。’”

“‘这么说，你同意了。我们找到的新娘就在跳舞的人中间。’”

“‘我面临一个难题，你们是哈达利叶人的儿女、精灵，而我只不过是一个普通的哈达利叶人，我担心我不够资格。’”

“精灵笑了起来，露出火焰般的牙齿，令人毛骨悚然，说：‘没有问题，就这样吧。’”

“突然，精灵消失了。我从极度的兴奋状态中惊醒过来，看到在我的面前有一个人，对我说：‘教授，我的爱人是赛义夫·道莱的母亲。’”

“我感到很奇怪，便问他：‘你怎么会爱上一个和你母亲年龄一样的老太婆？’”

“‘这是命中注定的，任何评论都是愚蠢的。’”

“这个人也消失了，我变得更加清醒了。眼前展现出来更加广阔的天地、更新的挑战、更多的可能性。这一切好像原来就储藏在我的头脑里，现在完全发挥出来了。这要归功于那个电疗，可惜没有按照正确的方式去进行。如果再给一两个世纪，科学进一步发展了，那时的电疗效果肯定会更加明显，那时，对于人的大脑的功能也就会有更多的了解。到那时，我们人类也许还会与精灵对话，那时的对话将是毫无困难的。兴许人类也能够和精灵一样一面在天上飞翔，一面从容地交谈呢。”

“我在诊所里思前想后，终于有了一个周密的出逃计划。我必须要让约翰逊大夫相信他那连续不断的询问已经解决了所有的难题，揭露了我脑海深处的一切秘密和可怕的东西。为了达到目的，我要顺着他的思路、要求去回答他的问题。于是，我编制了许多的故事、经历，包括无中生有的性交史、艳遇，甚至是所谓的我的父母如何厌恶我，我的兄弟、姐妹之间如何钩心斗角的瞎话。这一招还真灵，我明显地感觉我的处境在好转。我与诊所里的人之间关系也非同以往。我的一个同伴对我说：‘教授，你想象得到光的速度吗？你想象吧，从月亮到地球的光速不到两秒钟，而从太阳那里到地球需要八分十七秒。可是，如果计算我们人类到达太阳的时间，那就需要二万七千七百年呀。”

“设想一下，突然有一个人自称是政治领袖，代表安拉统治地球，或者有一群人自称是政治集团，代表安拉统治我们，那会是多么胆大妄为的事情！所有的人听到这个都会起鸡皮疙瘩的。目前还没有人能够说得明白环球宇宙究竟有多大，它的历史究竟如何。也许有一些科学家会认为它有一千三百万年，有的也许会加倍，只有安拉知道。尽管如此，还是有不少的人自以为自己知道所有的一切，有能力统治所有的人，可以处理所有的事情。人们对于环球宇宙来说是多么的渺小，多么的微不足道！”

“教授，我们能不能谈谈优尼法尔斯先生？”

“完全可以。优尼法尔斯先生曾经在美国波音航空公司工作，他是飞机在飞行过程中监督飞行的机械师。一个夏天的夜晚，飞机正在大洋上空飞行，天空分外晴朗。突然在他们的前面出现了一个光闪闪的东西，时而靠近飞机，时而远离飞机！他认为这是一个从外星球飞来的不明飞行物。从此以后，他开始专心致志地关注宇宙空间，参观天文台，阅读有关天文的书籍。他几乎用全部的时间投入到这个领域的研究工作中，人们对于他的研究工作给予高度的评价，信任他，崇拜他。但是，他的妻子却对此不以为然，反而认为他的神经有毛病，建议他到神经病诊疗所去看医生。他被妻子纠缠得不耐烦，不得不去神经病诊疗所去看医生。医生认真地为他作了详细的检查，没有看出来他有什么问题，他是一个很正常的人。但是，他只要从睡眠中清醒过来，就言必称宇宙。他还说他在睡梦中遨游天际，说他自己像一道亮光来回地飞翔。”

“后来，我认识了卡西斯。这是个敏感的话题。卡西斯是一个罗马天主教徒，宗教问题容易引起争论。他是因为一个灾难性的事件而进入诊疗所的，他爱上了一个修女，并且使她怀孕了。事情暴露了，引起了轰动，他被逐出教堂。他的精神崩溃了，就这样进入诊疗所。这是不是有点儿像我的经历？”

“再谈谈苏宰吧。我问你：你认为苏宰是自杀的吗？”

“我不认为她是自杀的。警察局的有关报告长达五十页，没有涉及这种可能性，而是确定她驾驶汽车超速，导致翻车而亡。”

“她为什么超速行驶？这是不是能够证明那些心理医生们所认为的她愿意去死？”

“正如你所形容的，从她的个性来看，她还远没有考虑到死，她一直渴望着幸福的生活。”

“那你又如何解释她的死因呢？”

“不那么容易。”

“我告诉过你她怀孕了吗？”

“你对我说过，她的父亲告诉你的。报告也完全证实了这一点。”

“怎么能够证实？”

“解剖。”

“也许有什么错误呢。”

“有可能，什么事情都是有可能的。”

“这么说你也认为我是导致她不幸的根源了？”

“关于她怀孕的事情，我当然不清楚。我是从你那里知道的。至于她的死，也许有其他的什么原因。你为什么要问我这些问题？是不是你受到了良心的谴责？”

“良心的谴责？良心的谴责？不，不，不！我们刚才谈到谁？”

“卡西斯。”

“对了。他的精神失常以后，整天在诊疗所讲演：‘我是父亲，她是纯洁的，她怀上了我唯一的孩子。我一心盼望他能够去拯救人类于水深火热，我想让我的儿子给人类带来幸福。我要彻底改正错误，所有的人都会犯这个错误，除了那个无辜的她。但是，魔鬼把一切都搞颠倒了，竟然引诱一个无辜的人去自杀！她去了，多么纯洁无辜的人，孩子也去了，有谁能够去拯救世界？’诊疗所里的人，大部分的教徒，他们气急败坏了，要求他闭嘴，有时还骂他，甚至打了他。然而，教徒们的阻挠反而使得他更加来劲了。他站在众人面前大声叫道：‘魔鬼毁灭了一个父亲，魔鬼把我从教堂驱逐了出来。我知道《圣经》所描绘的魔鬼是什么样子的，我想到罗马去，在山上与魔鬼搏斗。’根据法院的裁定他不得不在诊疗所里继续待下去，与我的情况是一样的。他还是没完没了地讲演：‘我要警告魔鬼，我知道它在所有的地方，它从任何窗户都可以窥视人们，从门后观察人们的一举一动。这是我的照片，现在分发给你们，你们要好好地保存在身边，这样你们就会受到我的保护。当魔鬼出现时，你们只要亮出来我的照片，魔鬼就会逃之夭夭。’他的样子十分凄惨，他每天都是这样地讲演，如果没有听众的话，他就独自到花园里面去自言自语，自怨自艾。一天，我发现他一个人站在树下，没有在讲演，异乎寻常地发呆。我向他走去，问他：”

“‘先生，我能和你说几句话吗？’”

“他愣神了，慢慢地转过身来，仔细地看了我，说：‘你是罗马的魔鬼？’”

“我说：‘不，先生，我是穆斯林。’”

“‘穆斯林？我从来也没有见过穆斯林。’”

“‘我确实是穆斯林，就站在你的面前。’”

“‘穆斯林，穆斯林是不是讨厌罗马的魔鬼？’”

“‘我们并不喜欢它。’”

“他听了我的话，竟然笑了起来，说：‘好，好，魔鬼没有进入你的身体。我很高兴认识你，和你谈话使得我很开心。你叫什么名字？’”

“‘就叫我教授吧，请跟我谈谈你的那位无辜的人吧。我知道她是一个孕妇。’”

“‘你是如何知道的？’”

“‘同病相怜，我的情况与你的经历是差不多的。’”

“‘她也是个孕妇？她怀着你的孩子？你是不是也要让你的孩子去拯救世界？’”

“‘说实在的，我并不知道她已经怀孕了，我们还没有结婚，还没有考虑生孩子的事情，你可以认为这是一个错误的事情。’”

“他摇头叹息了一会儿，说：‘世界上没有错误，也没有正确。’”

“‘我并不想谈什么世界，而只是想说我的苏宰和我。’”

“‘这么说苏宰也是无辜的。现在，在这个世界上很难找到纯洁无瑕之人了，甚至在教堂里。’”

“‘我不能如此评价。’”

“‘你是不是经常被一些噩梦困扰？’”

“‘是这样的。我为了迷惑约翰逊大夫而编造了一些噩梦。实际上，许多人死于冤枉事件。’”

“他笑了，问我：‘你都做什么样子的梦？’”

“‘我经常梦见自己置身于广袤的沙漠中间，那里的沙漠我很熟悉，就好像是我的家乡。我独自一个人在那里，有时能够看到一个小孩子在沙漠中间奔跑，当他路过我的面前时，就朝我笑笑，叫我父亲。突然，在他的身后出现了我的苏宰，也是在飞快地奔跑着，更确切地说他们是在飞。我情不自禁地呼叫着她的名字，问她要到哪里去。而她只是冲我笑笑，却不回答。我拼命地跟过去，反复地叫她的名字，问她。她飞到我的面前说：我要带着你的儿子到火狱里去！我忙问她：火狱在哪里？她只是说：你跟我们来吧，你会看到的！于是，我们三人就一起飞。飞呀，飞呀，突然沙漠中出现了许多许多的巨人，成千上万的巨人。每个巨人的头上戴着一个大卫之星。突然，沙漠中燃烧起大火，孩子顷刻之间在火焰中消失了，苏宰也消失了。我拼命地喊叫，惊恐万状。我惊醒过来，浑身是汗，痛哭流涕。诸如此类的噩梦经常袭扰我，使得我夜不能寐。’”

“他听了我的话，感叹唏嘘，痛苦万状，说：‘多么可怕的噩梦！如同我的噩梦。我那个天真无邪的女人叫玛莉，她在我梦境中经常出现，我看到她穿着白色的衣服，闪烁着光芒，她的头上戴着一个光环。许多天神围绕着她，赞美诗此起彼伏。她的怀里抱着一个婴儿、美丽的努拉尼亚。他们渐渐地靠近我，我在教堂的讲台前望见了她们。她对我说：这就是你的神圣的孩子。这时，赞美诗更加高昂起来，祈祷的人们向孩子围拢过来，纷纷上前亲吻孩子的手和脚，不断地向他撒圣水。我冲上前去，把孩子紧紧地抱在怀里，对那些祈祷的人们说：你们看，这是我的孩子！赞美诗高扬起来。’

‘突然，人们喊叫起来，我定睛一看，原来是玛莉用她戴着的十字架猛然扎进自己的胸膛。我失魂落魄地喊叫着她的名字冲到她面前想挽救她，然而，她已经奄奄一息了。我极力地抢救她，她喘息着对我耳语道：‘你是父亲，你要好好地照顾这个孩子！我是为了你才死的，我只有死了，才能够洗刷你的罪行。’她说完，就闭目死去了。我急忙寻找孩子，可是，什么也没有看到。我问那些祈祷的人：‘我的孩子哪里去了？我唯一的孩子刚刚还在我这里呀！我的孩子是要拯救你们的啊！’没有一个人理睬我、回答我。我只有哭天抹泪不止，喊叫着爱人和孩子的名字。突然，教堂顶上的大蜡烛台掉了下来，引起一片骇然。蜡烛台掉下来溅起来的尘土消失了，却出现了罗马魔鬼，只见它的手中拿着一个大十字架，向我走来，还没等我省过味来，魔鬼就把十字架刺进了我的胸膛。我感觉到一阵撕心裂肺的疼痛，随即从噩梦中惊醒过来。’这就是卡西斯的梦。你看过弗洛伊德的《释梦》吗？”

“看过。”

“只有看过弗洛伊德的《释梦》，一个人才能变成超人。你记得弗洛伊德的《释梦》等书中所描写的梦魇吗？”

“没有。”

“那么，让我给你介绍一下书中的这些描写吧。有的书中描写了一些稀奇古怪的事情，说有一个女人到法官那里控告她的丈夫，并要求离婚，原因是她的丈夫每天夜里尿床。这位丈夫对法官说：‘先生，请你别着急宣判我，听我细说根源：我经常在睡眠中梦见自己置身于大海中的小岛上，那里有一个宏伟的宫殿，宫殿上面有高大的圆形屋顶，圆形屋顶上有一只骆驼，我骑在骆驼背上。骆驼极力低下头来，想喝海水。我见此情景，吓得尿床。’法官听了他的陈述，竟然发生了尿失禁。于是，他对那个女人说：‘这真的是可以理解的，连我听了他的陈述竟然都发生了尿失禁！就不用说他是身临其境之人！’如果让我来分析其中的奥妙与含义，那就是：小岛意味着孤单，宏伟的宫殿标志着不现实的企求，圆形屋顶是丰满的圆形，而骑骆驼很明显是意味着性交。这是一种调侃的性语言。说明他的老婆性无能，而他性旺盛。所以，他老婆要求离婚。”

“你也许没有读过伊本·西林的《大梦释疑》这本书，这是早于弗洛伊德的《释梦》几个世纪的作品，好多人没读到它。伊本·西林在书中深刻地描述：‘作为一个妻子或者母亲，女人知道她的开始和结束，从恋爱到结婚到渴望到性急到交配到生育，经历了男女关系的全过程。如果在梦中产生性交的冲动，把大地作为妻子，即使是打井、挖土也被形容成性交的动作。’他还形容有的人在家里窗上挖一个小洞，观察他妻子的举动。如果她的处女膜是第一次破损的，就证明她是处女；如果她的处女膜没有了，就说明她有问题。”

“我在诊疗所里认识一个中学校长，她的罪名是与四十名学生有不正当的男女关系。那里的法律规定禁止女人强奸男人。西方的法律规定可以判处女人对男人性骚扰，但是，这个女校长也许会被判处强奸罪。实际上，她只是被判处了损害男学生罪。说实在的，她确实很漂亮、迷人。在美国，如果能够找到一个好律师，她就会被认为是被迫无奈的好人，而不用被送进监狱。结果，她被送进诊疗所，用州里的经费治疗。”

“当约翰逊大夫的一个间谍告诉他说他看到我们全部都赤身裸体时，你不知道他有多么高兴！好像他很欣赏这个似的。实际上这是不可能的，传统不允许这样做，病人们也不能够这样做。可是，约翰逊大夫当时却张大嘴巴、流着口水，急切地打听详细情况！那个女校长并不是疯子，她是个多情好色的人，时刻脱离不了男人的人。我曾经在中学里见过她，你可以想象她就如同是管理绵羊公司的狼、血库里面的吸血鬼！她告诉我，她总共玩弄过七百多个学生，但是，警察局只是判定她与四十名男学生有性关系。这个厚颜无耻的家伙把她的行为解释成只是一种教学方式，多么复杂的事情！她还说她习惯于使用和平的方式，而不是暴力。她甚至说这是为了建立一种信任机制，她的行为是双方协商谈判的结果。她特别强调说她要培养多方面的人才，从地理直到性交，并且自告奋勇传授性交知识。她的案件是如何暴露的呢？原来，有一个数学老师对班上的男学生感兴趣，那个男学生是足球队队长，他已经是那个女校长的得意的面首之一，经常单独约会他，他与她也配合默契。那个一直对足球队长青睐不已的数学老师终于发现了他们的秘密，遂将她的情敌告到警察局。当那个女校长要离开诊疗所时，她表示要撰写一本书，全面介绍自己的性生活。”

“当我将离开诊疗所时，我和约翰逊大夫几乎成了好朋友。他认为我已经痊愈了，恢复到正常人的标准。他为开发了一个阿拉伯的‘宝库’而兴奋不已。我来到那个法官面前说：‘尊敬的法官大人，我对于我以往的言论感到愧疚，我原来受到严重的心理磨难。’”

“法官十分欣慰地笑了，说：‘你现在确实感到完全好了吗？’”

“‘尊敬的法官大人，约翰逊大夫成功地揭开了使我饱受磨难的根源，可以说他给了我能够洞晓我内心世界和周围世界的放大镜、显微镜。’”

“法官对约翰逊大夫满意地点点头，说：‘约翰逊大夫，你是值得祝贺的！你创造了一个奇迹。他的情况原来真是糟糕透顶，而现在就完全不同了。’”

“约翰逊大夫乐得合不拢嘴，他强压着内心的喜悦，十分谦虚地说：‘这是我应该做的，他与我配合默契，才能够取得今天的成果。大人，我建议您能够同意他离开诊疗所，我已经与他说好，他会经常到我的专门诊疗室去看病，以便彻底恢复身体。’”

“法官立刻说：‘我完全同意。’”

“在我们向法官告别之前，法官把我叫到他的面前，问我：‘年轻人，你曾经说过，你特别喜欢一个古代阿拉伯的诗人穆泰纳比，为什么？’”

“我说：‘我们阿拉伯人就是喜欢自己的古代诗人，经常在一些场合朗读他们的诗歌，正如英国人对莎士比亚一样。’”

“我们的一些朋友经常在一起头头是道地谈论各自的感受。有一次，我们谈到美国的一些飞行员实际上是害怕飞行的，他们有时在执行任务时要喝酒，而且是醉醺醺地上飞机。”

“我自从离开诊疗所后，就继续在斯坦福大学学习，并且决定悉心攻读硕士、博士学位。你知道这是可能的，而且有相当的条件。比如，我攻读博士学位时就写了博士论文《电疗与人的本性之比较》，这个论文后来被多次转载，被认为是一个经典大作。我会见了几千个接受电疗的患者。他们其中有五种人：美国白人、美国黑人、棕色印度人、阿拉伯人、墨西哥人。他们普遍提出的问题是：不同的人种对于电疗的影响如何？结果是令人吃惊的，你可以阅读一些有关的书籍材料，但是必须要提醒你，研究工作是十分乏味而枯燥的，一定要有耐心。特别是在撰写博士论文时，有许多特定的条件，不能有一点儿马虎。自己的观点、数学、图解、附件以及只有学生和指导老师才懂得的语言。约翰逊大夫对我的博士论文十分赞赏，实际上这是我专门为他设计制作的。你也可以在美国写你要写的博士论文，充分地阐述对于电疗的各种体会，只是不要涉及乐园、精灵和噩梦中的一切。这些经验是我在诊疗所最后一夜完成的，那是我一生中最重要的一段时间，充分地反映了价值观，对于许多问题有了新的理解。”

“其实，我并不讨厌西方人，反而对于西方那些我以前所没有触及的文明的一面有了一些了解，尽管这些了解还是肤浅的。比如说美国公民所享受的一些权利和保障，自从法院命令把我拘留在诊疗所以后，我改变了某些观点。我在那里不仅遭受到极度的精神折磨，而且肉体也受到空前的摧残。”

“在诊疗所里真是长了不少的见识，我深信那个女校长并没有撒谎，她从事教育事业二十多年，差不多每年都在摧残她的学生。对不少于四十名学生进行‘专门的训练’，这个问题并不需要过多的解释和分析，这是一种被扭曲了的文明、性交易的文明、可怕的文明。”

“我在诊疗所里发现几乎所有人都是担惊受怕的，优尼卡拉斯害怕庞大的东西，卡西斯害怕罗马魔鬼，女校长害怕异性对她的冷淡，约翰逊大夫害怕远离他惯于使用的花招的秘密，法官大人害怕阿拉伯人关注古代阿拉伯的诗人穆泰纳比的作品。可以说所有人都是在提心吊胆地过日子，而我害怕其他所有人。”

“那么，您是不是认为这种恐惧心理促使你去想象那些在精灵世界发生的事情？害怕会导致许多奇怪的想象，特别是在担心成为一种经常现象、人们又忽视它的存在，现实使得人们不敢去寻求和平与安宁时，这种担心就变成了司空见惯的现象？”

“我在噩梦中遇到了许多困难，害怕就是由于这些困难造成的。这一切促使人们纷纷求助于巫神。同时，人们为了摆脱现实中的烦恼而去寻找想象中的梦中幻景。”

“看来，您自从失去了苏宰以后，就被一种可怕的孤独笼罩着，难以脱身。您的周围没有一个您信任的人，到处都是怀有敌意的人：约翰逊大夫、护士、警察、法官……您非常需要朋友，这时古代阿拉伯的诗人穆泰纳比来了。穆泰纳比是您十分中意的诗人，他的诗歌您能够倒背如流、出口成章。您为什么不选择穆泰纳比以外的诗人呢？”

教授站了起来，走到电视机跟前，按动开关，屏幕上显现出一个怒不可遏的人没好气地对他说：“我不止一次地对你讲，你只能在只有你一个人时才能叫我出来！”教授满面堆笑，说道：“艾布·哈什德，这个人又不是外人，他是萨米尔·萨比特大夫。”那个怒不可遏的人说：“你千万别跟我提什么大夫，我讨厌他们！我不理睬你们，我走了！”说完，他就从屏幕上消失了。教授转过身来，对萨米尔·萨比特大夫说：“你都看见了，应该相信了吧，你亲眼看到了穆泰纳比，亲耳听到了他的话。”

萨米尔·萨比特大夫笑得前仰后合，说道：“穆泰纳比？”教授也笑了，说道：“可怕的图像！艾布·哈什德常常被一些崇拜者包围，他们要求他为他们签名。”

“您的电视机怎么没有电线和天线？是不是使用电池？”

“不，这是一种神奇的机器，它能够显现特定的画面。这一切都是你亲眼看到的，信不信由你。这个神奇的机器是我离开诊疗所时得到的。那一个夜晚是多么神奇啊，当我醒来时，发现自己在一艘宇宙飞船上。船上充满了各式各样的稀奇古怪的机器，我在诊疗所外面从来没有见过它们。我的周围有六艘宇宙飞行物，只有在大脑中出现第6666663号数字时，这些宇宙飞行物才能与人类取得联系，可是没有任何话语，只有特定的暗号。那些飞行员中间有五名男性，样子像蝗虫，两名女性，样子像蝴蝶。其实，这不是固定的组合，它们是依靠人类的组合模式来确定的。但是我想象不出来有什么固定的模式。它们告诉我说，它们是从遥远的外部空间来的飞行物，时刻在观察人间的一举一动，并且向地球传递各种各样的信息。如果一个人需要与它们取得联系，就在夜间经过电疗打开超声波的电钮，它们就会接受他的信息。我要告诉你有开颅补脑的手术，那时，外部空间的飞行物就会把信息补入脑海中。”

“我曾经与世界银行取得了联系，他们把我列入拯救落后世界人民的行动计划之中，把我派往大学去任助教。具体工作是帮助一个年迈、多病、眼瞎、偏瘫的老教授，为他准备好干净的轮椅，将他放到椅子上，然后，推他到教室里去讲课。这个学校严重缺乏教师和教材，我被分配去教阿拉伯诗歌、音乐、地理、生理、家庭管理、部落历史等许多学科——几乎所有的学科。”

“我在讲阿拉伯诗歌时，对学生们说道，你们要知道阿拉伯的诗歌是阿拉伯人的宝库。在这之前，我还要告诉你们，阿拉伯人分为四种：纯血统的阿拉伯人、阿拉伯化的阿拉伯人、文明的阿拉伯人、求助的阿拉伯人。纯血统的阿拉伯人是1515年以前居住在叙利亚、黎巴嫩山区的信奉伊斯兰教的人；阿拉伯化的阿拉伯人是根据永久宪法的临时条款规定已经获得阿拉伯姓的被同化了的阿拉伯人；文明的阿拉伯人是难以叙述的在特定环境里成长起来的'哈堆利叶人'；求助的阿拉伯人就像你一样的受惠于贾麦尔·阿卜杜勒·纳赛尔的阿拉伯人。阿拉伯的诗歌是属于纯血统的阿拉伯人的；至于阿拉伯化的阿拉伯人是没有自己的诗集的，只有工作人员的诗集；文明的阿拉伯人的诗歌表现他们文明的一面；至于你们这些求助的阿拉伯人，你们的诗集已经存在阿拉伯大学的旧案中。"

"你们知道对于一句诗词的理解有许多观点，其中，最重要的观点是说诗歌是依靠小麦而成的。小麦作为农作物的收成，在第一世界里用于喂牲口，而在第十世界里就是诗人的口粮了。持有这种观点的人有许多依据：乌姆鲁勒·盖斯说'夜晚越来越长，我是小诗人，我看到在阿拉伯居民区里有一个青年在作诗'，朗读它，我发现他的诗歌里有不健康的因素，便建议他放弃这首诗。他改正了。后来，我又见到他，他说：'我去拜访哈里发，当面朗读了赞美他的诗歌，哈里发十分高兴，赠送给我一个马厩和一些小麦，让我每天早晨去喂马，我就一边喂马，一边作诗。'我的朋友塔哈·侯赛因在书中写道：'你会感到特别的奇怪，有些老师认为小诗人是在吃麦子、用麦子喂马时作诗的。他们有的倾向于法国的老师，时而温柔，时而粗暴，对于他们的方式是满意的，对于他们的公正是放心的。他们坚持这样的表现方法，只要认为是对的，就坚持下去。’塔哈·侯赛因怀疑一切，那么，我们也应该怀疑他所说的一切。有的人说什么穆泰纳比的父亲曾经是伊拉克库法水利公司管理委员会的主席。我对那些对我说不喜欢田间诗人的诗人，并没有什么反感也不过度地指责他们。”

“许多天过去了，几个月过去了，一年过去了，我来到学术委员会，要求把我提升为‘合作教师’。是的，一般来说，从助教到‘合作教师’需要五年的时间，但是，这个大学刚刚开办没有多久，急于用人。你不要忘记了，在最好的大学里也会出现差学生，在最差的大学也会出现好学生。学术委员会组成了一个校外学术委员会，成员有哈瓦那大学的亚非拉团结协会的资深教授、迪克斯大学负责给阿拉伯杰出人物授博士学位的老年教授、鲁蒙巴博士同志的热衷于世界各国人民之间友情的大学教授，我来到这个国际学术委员会，用显微镜展示了我的学术成果——五大本书《阿拉伯诗歌中的面包、砂锅和蚕豆》《阿拉伯诗歌中的胃、笔和杂食》《阿拉伯诗歌中的纸张、勺子》《阿拉伯诗歌中的知识分子和面包师》《阿拉伯诗歌中的饥饿和发明》。我的作品受到了特别的重视和好评，最终获得了一致通过，我终于得到了一等‘合作教师’的称谓，在大学里总算有了一席之地。这个称谓经过‘X光’照射之后，我十分高兴地接受了。在办公桌后面坐着的教师们都十分贪婪地盯着钱包，日夜梦想自己能够升职、加薪。只是有一点他们非常不满意，那就是根据学术委员会的规定，他们的夫人不能参加评比，没有这个升职、加薪的福分。”

“许多天过去了，几个月过去了，一年过去了，我又来到学术委员会，要求把我提升为‘完全教师’。是的，一般地来说，从‘合作教师’到‘完全教师’还需要五年的时间，但是我觉得自己已经合格了，再说这个大学还是一个年轻的学校，人才匮乏，需要我这样的有真才实学的人。学术委员会也组成了一个校外学术委员会，成员有索马里首都摩加迪沙大学客座教授、研究宇宙学的蒙伯托博士，他名字的意思是“征服了所有鸡的公鸡”(别问我为什么起这个名字，也许蒙伯托博士喜欢吃鸡肉吧)，巴拿马大学研究香蕉的轮椅教授。这些专家学者不远万里汇集一堂，通过放大镜和显微镜对我的作品认真、详细地进行研究评估。我同样准备并展示了我的学术成果——五大本书：《极限与文学》等，学术委员会的专家学者们一致认为这是一个难得的选题，纷纷赞扬我：‘你是个难得的人才！’有的轮椅教授因此而昏迷不醒。于是，我便成了‘完全教师’。我同时决定不离开轮椅，并立下遗嘱轮椅就是我死后的陪葬品。我成了轮椅的崇拜者，这是一种危险的崇拜与信仰。从此，轮椅就与我形影不离。你瞧，我现在坐的轮椅就是我当时定做的。”

“我准备了一些贵重的礼物赠送给学术委员会所有的成员。学术委员会立即召开特别会议，决定每一个轮椅教授有权将自己坐的轮椅视为自己的固有财产。不知道你有没有注意到在第十世界有很多人把轮椅背在自己的背上散步？其中的秘密就是，这些教授时刻把属于自己的轮椅背在自己的背上散步，是为了不让副教授、助理教授们坐他们的椅子啊。假如有人不识相，误坐了不属于自己的轮椅，那就会遭到被弹后脑勺儿的厄运！我们在几乎所有的方面都是落后的，甚至于在轮椅上。就是在这种情况下，我获得了博士学位！”

“我要再一次强调，这个大学还是一个年轻的学校，人才匮乏，需要在各个方面聘请博士。当时，有一个专业急需精通伊斯兰教法的教授，而我正好是这个专业的系主任。我一个人戴了两个截然不同的桂冠：一个是精通伊斯兰教法的系主任，一个是博士学生。那个时候博士是多么耀眼的学位啊！我的博士论文是《安达卢斯伊玛目的勤勉》。”

“在那些难忘的日子里，最令我感到惬意的是各种委员会的活动。委员会很多，有材料委员会、方法委员会、分支委员会、派系委员会、学院委员会、中等大学委员会、高级大学委员会、普通大学委员会。这一切还不包括学术委员会、文化委员会、翻译委员会、出版委员会等。在先进的大学里，至少有不下一千个各种各样的委员会，而在落后的大学里这个数目要加倍。最有意思的是在这些所有的委员会里只是做一件事情，那就是不断地重复同样的决定。比如，任命校长、系主任等，程序都是一样的：学院委员会先开会研究，经过艰苦、客观、冷静而专业的研究以后，决定任命学生中的佼佼者为头等学士，然后，学院委员会开会通过同样的决议，然后是中等大学委员会，然后是高等大学委员会；这些委员会通过了还不算，还要由财政代表同意后由职员事务主任同意才行。”

“委员会的活动只有一个，那就是没完没了地讨论。委员们要用一千个小时来讨论如何为一个材料命名，比如：如何来确定一首诗的名字，叫什么好呢？《阿拔斯早期诗歌》？不，还是《早期阿拔斯诗歌与诗歌现象》？不，还是叫《早期阿拔斯文学为诗歌打下根基》。有一次，我实在忍受不了啦，便说：博士们，这只不过是个名称问题，莎士比亚不是说过吗，‘名字并不重要——’没有等我说完，就迎来了许多鄙视、藐视、仇视的目光。用一千个小时来讨论院长对一个迪克斯大学学生中佼佼者的评语，讨论把他的博士论文的题目从一个题目改为另外一个题目的问题！用一千个小时来讨论一个‘合作教师’提出的他的学生准备出席蚕豆大会的发言稿！用一千个小时来讨论这个，用一千个小时来讨论那个；在大学，所有的事情都是要用小时来计算的。小时复小时，成为一日；一日复一日，成为星期；星期复星期……成为一年……成为年代……成为世纪！”

“大学里面的人都是别具特色的，他们之间的谈话别人难以懂得，因为他们的思维能力远远超过了黑暗、流氓、市场！他们虚度大好时光，互相欺诈、暗算、钩心斗角。而且对外部世界极力掩饰着他们的美与丑——其实他们也不知道什么是美好，什么是丑陋！他们的内心世界也是错综复杂的，因为高级学位得来又谈何容易，天才、才干、真才实学往往被隐瞒和湮没了。他们只是关心从一个委员会到下一个委员会的程序，关心自己是不是在被任命之列。大学可以说是在这个不断变化、动荡不安、进退两难世界中一个固定不动的泥潭。世界上有半数国家将要在饥饿中死去，而大学却宣布处于紧急状态，以便准备提升一个助教为讲师；世界在研究发展的难题——通信、新闻、知识方面的革命，而大学却在研究镶嵌的技术事情，是不是要用马赛克？在这种情况下，我被各种委员会及其所特别关注的问题而全力以赴，那种日子难道不是很惬意吗？委员会的日子，讨论的日子！我是所有委员会的重要成员：秘密数字委员会、公开数字委员会、从秘密数字到公开数字委员会，如此反复。提出问题委员会、封文件委员会、拆封委员会、纠正委员会、抚慰委员会等，到处是委员会，无奇不有的委员会！”

“听说有这么一句话：‘光阴似箭。’‘一寸光阴一寸金，寸金难买寸光阴。’我用钱的罪恶污染了时间。我会给你讲我从贫困走向富裕的历程。但是，在这之前我想告诉你金钱的事情。一个富人说过，‘金钱造就了没有支柱的顶棚，而贫穷毁坏了尊严和荣誉的房子’，‘在这个世界上，谁没有钱谁就没有尊严，谁没有尊严谁就没有钱’。这也许是那些缺乏科学知识而又迷恋钱财的人们的共同认识吧。有的人说：‘狗在遇到有钱的人时，会摇尾乞怜；而当它看到穷困潦倒之人路过时，会张牙舞爪。’‘狗是靠自己的嗅觉来识别主人的，而金钱本身是没有味道的。’这句话起源于罗马教皇，他曾经制定缴纳厕所费制度，有的人就提出抗议，拒绝缴纳。于是，罗马教皇把一块从缴纳的厕所费用中得到的铜币放在抗议者的鼻子上。为此，我十分怀疑洗刷钱币的消息，如果那是真实的，那么，钱币的味道也许自从罗马教皇制定缴纳厕所费用制度以后就变味了。”

“艾布·哈什德十分爱财。其实，所有的人都爱财。我从贫困走向富裕的历程是一个非常奇特的历程。刚开始我还不是什么富翁，但是，我发誓要成为一个有钱人并为此而拼命拼搏。一个意想不到的情况发生了，我在各个方面投资，丝毫不怜惜。‘不用武力开国是不容易得到政权的。’当我充分尝试过大学的生活以后，就决定离开它，开始经商。我充分地利用在大学里磨炼出来的智慧，决定到北方去敛财。我编造了许多充满性犯罪内容的警察与匪徒的故事，或者从许多报纸刊物中截取的精彩篇章编辑成新的报纸。”

“我在西斯罗机场海关看到一个看上去很善良、友好的人。我对他说：‘我要到北方去淘金。’”

“他说：‘为什么？’”

“‘我看到人们都鄙视穷人。’”

“他笑了笑，说：‘你有签证吗？’”

“‘我有英国女王伊丽莎白二世的领事处的正式签证。’”

“‘你填写的项目太多了。这种签证其实很好弄，另外，你的行李已经超重了。我要看一看你是不是属于被禁止出入之人。’”

“说着，他按动了电钮，屏幕上出现了一些名字。他注视了一会儿，说：‘你的真实名字叫穆斯塔法·赛义德，是不是这样？’”

“我说：‘我的名字叫布尔·本·法素尔。我们的部落在叫名字时，总是这样叫我的。你认为我是穆斯塔法·赛义德，那么，就说明我的母亲没有生我。实际上确实是她生的我，如果说我是穆斯塔法·赛义德，那么，这个人就与我没有什么关系。我的护照上写得明明白白。’”

“‘你要知道，穆斯塔法·赛义德是个逃亡者、移民，他破坏这个世界，他流亡到北方，就强奸北方一半的妇女，杀死另外的一半；他编织了许多色情故事，小说家们根据他的故事编辑成为小说，扰乱了国际秩序。’”

“我怒不可遏，咆哮起来：‘你都说了些什么？说我是穆斯塔法·赛义德，一个逃亡者、移民，破坏这个世界，这是怎么回事儿？强奸北方一半的妇女，杀死另外的一半！其实，他们在强奸我们的妇女，杀死我们的人，掠夺我们的财产！我们受尽困难和折磨！’”

“‘你就别废话了，反正这个名字已经记载在英国上院的档案里了。’”

“‘先生，你真是让我拿你没办法。你不让我到北方去，我又到哪里去谋生呢？’”

“那人想了想，说：‘你应该吃干面包。’”

“‘我又不是要饭的。’”

“‘你去找点儿什么事情做吧。’”

“‘我已经尝试了，难办啊。我的护照只容许我到北方去。’”

“‘你为什么不去敲第七世界的大门？’”

“‘我都试过了。麻烦你给点儿吃的吧。’”

“他笑得前仰后合，说道：‘你到夜明灯那里去吧。’”

“‘夜明灯这些天不施舍。’”

“‘现在，我只有一个建议，那就是盐城。那里的人都很好，优待远方的来客，从来也不吝惜自己的财产和金钱。’”

“‘那就很好。你能不能在我去之前，再说说你有什么建议和吩咐？’”

“‘一个人要有尊严和爱心。要记住，雪花是从窗户进来的，不要忘记疯子是不乘坐火车的，不要眼睁睁地看着一个人死去。’”

“告别了这位好心的先生，我按照他指点的方向向前走去。我走了很久，看到面前出现一个路牌，上面写着：‘注意，盐城就在你的面前，不要洒水，以免尝不到盐城的滋味。’我发现那里有用盐装饰成的很大的围墙，上面点缀着珍珠、宝石，触目皆是，令人瞠目结舌。那面墙只有一个门，在大门口，我看到一个矮小瘦弱、秃顶、戴着厚厚近视眼镜的人，他的面前摆着一些仪器。我向他问好。他开门见山地说：‘你是布尔·本·法素尔？这是一个假名字，我现在要与打假名字的组织联系，他们马上来人。’”

“‘你就别费心了。我曾经尝试了几次，可是，却改变不了这个名字。我听说城市里的负责人会将我的名字输入电脑。但是，他们不知道现在如何打开电脑，取出我的名字。’”

“‘那就太奇怪了，也许他们有打开沙丁鱼罐头的办法。我要建议盐城的居民假如没有说明书，就不要去买电脑。你是哪个阿拉伯国家来的？’”

“‘我是统治哈堆尔部落的谢赫，我用舌头管理他们，只要我一皱眉头，他们就会服服帖帖的。你是什么人？’”

“‘我是马里哈大夫，安哥拉大学、巴黎大学、柏林大学的毕业生，现在是盐城的医生、全权证婚人、保安头目，掌管着最豪华的饭店，是他们的哲学和历史学顾问。’”

“‘那么，你是从哪个阿拉伯国家来的？’”

“‘我是从阿拉伯富裕国家来的，现在已经变成一个富人了。但是，我始终没有改变自己的信仰和诗歌风格。’”

“‘太好了，大夫！真是巧合、顺利，盐城的人都到哪里去了？’”

“‘他们都到洼地、旷野去抓蝗虫、鳄蜥、跳鼠去了。’”

“‘打猎是一种消遣，勇敢的消遣，这是有益的爱好。你为什么没有和他们一起去？’”

“‘我留下来看护城市，随时准备抵御背信弃义的敌人的侵扰。’”

“‘可是，我怎么没有看到你携带什么武器呢？’”

“‘我有弹弓，可以抵御敌人。如果遇到特殊情况，我就按动电钮，救援车队就会立即从四面八方赶来。’”

“我看着他面前的机器，问：‘这些都是什么机器？’”

“‘这是温度计，可以测量体温；这是检验糖尿病的，我每两个小时自己检测一次；这是血压计，我每三个小时为自己检测一次；这些检测的结果都会忠实地记录在这个大厚本子里的。’”

“‘太了不起了！’”

“‘你要知道，在这个大厚本子里，记录着我所有的情况、我的观点、哲学思想、经商细节、思想收获。特别是我的医疗材料，以便让尊敬的读者们了解我的身体有多么棒。’”

“‘你叫什么名字？’”

“‘我叫哈尼非斯。’”

“‘哈尼非斯？难道你就不害怕打假名字的组织给你查出来吗？’”

“他笑了起来，说道：‘坐吧，坐在这黄色的柔软的沙子上。告诉我，你为什么到这儿来？’”

“‘我想来这里淘金。’”

“‘你为什么不到黑房子、毒蜂窝里去找工作？’”

“‘我尝试过，但是我的健康状况不容许，考试不合格，严重缺乏维生素。’”

“他与我谈了些别的项目，但是，都不是很合适。后来，他说：‘这样吧，我给你投入一笔资金，你看你需要什么方式的，是合法的还是不合法的？’”

“‘请你解释一下，这两者有什么区别？’”

"'区别很大。合法的项目，一定要用信仰我们宗教的人；而不合法的项目，则用一些锡克教徒和印度教徒。只是进行这样的项目可能会遇到麻烦，或者被禁止。'"

"'被禁止？有这么严重吗？我希望你为我投资一万法郎并存在阿米尔银行里。'"

"'不行。'"

"'那么，你给我投资五千美元吧。'"

"'不行。'"

"'这不行，那不行，到底怎么样才行？总不能让我饿死吧！'"

"'你拿什么做买卖？'"

"'我有巴旦杏，可以做巴旦杏粉；有香粉，可以治疗疖痈；有干酪，可以治疗腹泻；有高质量的蜂蜜，可以治疗糖尿病；有纯正的沉香，可以使得老人年轻。'"

"'巴旦杏粉，正如诗人所说：你要远离巴旦杏粉，不要去触摸它，因为它会使你变成愁眉苦脸、满腹心事的人。所以，你还是放弃它；至于可以治疗疖痈的香粉，诗人云：皮肤接触了它，就会得湿疹。还是算了吧；可以治疗腹泻的干酪，诗人说道：不要吃干酪，因为干酪进入肠胃以后，肠胃就会瘫痪、麻痹，失去功能。也是不能搞的；我们这里不用蜂蜜治疗糖尿病，而是用芦荟、苦瓜、阿魏、诃黎勒。'"

"'钶黎勒是什么东西?'"

"'钶黎勒是一种在土地上生长的带刺的植物，在我们的专门诊疗室里治疗糖尿病效果十分显著；至于可以使得老人变得年轻的纯正的沉香，我们平时也不用它，只是在瘟疫流行时，给我们的牲畜用。'"

"'沉香给牛、羊、马、骆驼用？安拉啊，真是不可想象！多么珍贵的东西，却用在牲畜身上。我可以从害恐水症的人身体内驱除妖魔；可以用泫然诗歌来消除淤肿；在我的空暇时间里，我可以教虔诚的人们如何分析，并且纠正空谈。'"

"他显得有点儿奇怪而忌妒地看着我，说道：'说到从害恐水症的人身体内驱除妖魔，我们的专家已经治好了五十万个病人了，其中大部分不用承担住宿的费用；至于用泫然诗歌来消除淤肿，自从我们建立了天文台，我们就解决了对于星辰不了解的问题，也就没有郁闷、淤肿的情况发生。'"

"'盐城的居民真是太有福气了！我还能够到原野、草地，用网来围捕愚蠢的野生动物；并且教导他们如何来豢养它们，甚至买卖它们来赚钱。'"

"'不，不，不，这不符合人权。'"

"'人权只有在白人中才行得通，对于草原牧民来说则是另外一回事。对我、对你也是行不通的。'"

"不料，他竟然暴跳如雷，对着我大喊大叫：'我是白人！

像棉花那样白，如同牛奶一样白……’”

“‘白色并不是实质，它不过是人们的印象而已。’”

“‘根据我多年的研究、反复思考写成的书，题目就改成《白色是一种印象》了！’”

“‘这个思想已经在国际公正法院以我的名字注册了，你不能随便剽窃！’”

“‘那你卖给我吧。’”

“‘你现在也只是随便说说而已，我需要名牌太阳镜、瑞士名牌手表、意大利西装、法国男士香水……’”

“他笑了，掏出来名牌太阳镜、瑞士名牌手表、意大利西装、法国男士香水……”

“我问他：‘那么，我的生计呢，如何解决？’”

“他说：‘你到议会顾问那里去吧。’”

“于是，我把名牌太阳镜戴在鼻梁上，把瑞士名牌手表戴在手腕上，穿上可心的意大利西装，把法国男士香水洒在身上。装备整齐，自己也感觉神气活现的，径直来到一个帐篷跟前，高声问道：‘请问，哪一位是议会顾问先生？’”

“黑暗里传出一个声音：‘博士！’”

“我又问：‘请问，哪一位是议会顾问先生？’”

“黑暗里又传出一个声音：‘博士，这里面除了我并没有其他人啊。把绿茶和公鸡的尿混合在一起，可以治疗眼疾。’”

“‘我不是来治疗眼疾的，我是来听取忠告的。’”

“‘那你就说吧。’”

“‘尊敬的顾问先生，我想尽快地成为一个富翁，我希望我的财产多得数不清。’”

“他打开笔记本电脑，按了一下按钮，说道：‘素耐基，开门！素耐基，开门！’电脑的屏幕亮了起来，他仔细地查看了一番，笑着对我说：‘好，好，好，原子武器处没有人动。我现在就和华盛顿联系，要求约见国防部部长。’约见很快就安排好了，国防部部长亲自主持幻影飞机的研究工作，十分繁忙。但是，他还是抽空安排了会见，因为他已经习惯于在这种笔记本电脑里会见阿拉伯人，尽快解决急需解决的问题。我走进他的办公室，向他致意，他热情地招待我，让我坐下。但是，我看不见他，只是感觉到有一个人在我的身后拍了我一下，说道：‘你好啊，贝都因瞎子！’”

“我吓了一跳，说道：‘怎么回事儿，我怎么看不到你？’”

“部长按动了电钮，屏幕上他的图像渐渐清晰起来。他说：‘你说吧，需要什么？’”

“‘我需要尽快富裕起来。’”

“‘你是不是想要美国的一个州啊？’”

“‘尊敬的部长先生，美国的州是美国人的，我只是想要原子弹，把它们分散地撒到敌对国家的首都去，而我从中获益。’”

“部长大笑不止，瞬间在屏幕上消失，不一会儿又出现了，他说：”

“‘在使用时，不能按动“0、0、0”，而是要按动“2、2、2”，你知道这是为什么吗？因为，当你按动“0、0、0”开弹簧锁时，就会惊动卫兵，他们就来抓你；当你按动“1、1、1”开弹簧锁时，那就是控制了原子能仓库的三分之一；当你按动“2、2、2”开弹簧锁时，那就是掌握了原子能仓库的一半；我们现在要按动“3、3、3”开弹簧锁……’”

“‘但愿万事如意！我记住了这个秘密。那我们目前应该干什么呢？’”

“‘看吧，看吧，落后的人在任何方面都是落后的。他们原先在制造原子弹方面落后于我们，现在他们又不会操作。你去到罗斯库机场找那里的负责人，也许他们有意卖给你一些原子弹呢。’”

“我遵照他的指点，来到罗斯库机场，遇到一个军人，向他表明了来意。他立刻拿起话筒，喊道：‘带我去见国防部部长！’这时，一辆汽车出现在我们的面前，军人把我带到部长办公室。部长的秘书告诉我：‘你在这里等一下，先喝点儿饮料，半个小时以后，部长在摧毁议会以后就会来见你。’”

"'摧毁议会？真是值得庆贺的步骤！改革行动，消灭伪善民主的举动！'"

"'你不要胡说八道，部长摧毁议会就是为了巩固民主体制。'"

"'正如人们所说的：知识是海洋啊！'"

"这时，部长出现了，我立刻跳了起来，向他致意、问好，说道：'部长先生，我需要买一些原子弹。'"

"部长立刻说：'你赶上好时候了，给你优惠价，五百万美元五颗原子弹。'"

"我一听这话，就不禁大笑不止，连眼泪都流出来了。部长愣了，说：'有什么难处吗？'"

"我擦干净眼泪，说道：'我不是什么长老、领袖，没有钱，甚至没有像椰枣核上的小孔那样大的东西，身无分文啊。部长先生，你可以把我当作一块铁用吧。'"

"'你是说你是个穷光蛋？'"

"'部长先生，贫苦有各种各样的形式，如果一个人的财产被他随意消耗掉了，可以说他是一个败家子；如果一个人不去奋斗、赚钱，而是坐吃山空，那就是神经不正常；如果一个人能够奋发图强，出类拔萃，出人头地，就是个聪明、明智的人；如果一个人只是依靠面包渣子过活的话，那么他就太过于幼稚了；如果一个人什么吃的都没有，那就是贫穷、凄楚；如果命运注定让他贫穷下去，那就说明他是被禁止富裕的人；如果一个人屈服于贫困潦倒，那就是他满足于低下的物质生活……尊敬的摧毁议会的部长先生，你可以把我称为可怜的穷光蛋。'"

"'穷光蛋往往把时间消耗在与穷光蛋打交道上面了。我应该把你吊在议会的顶上。伙计们，过来，给我使劲抽这个人的嘴巴，抽一百下！然后把他拖出去，随便塞进一辆车里拉走，别让我再看到他！'"

"卫兵们遵照他的命令行事。我自言自语道：'难道这就是世界上的大国对待贫穷国家人民的做法？'"

"我的美梦破灭了，我站在广场上，举目无亲，毫无办法。这时，我突然看到部长的汽车从我的面前驶过，便情不自禁地大声喊道：'部长！将军！'我上前拦截了他的汽车，说：'部长大人，我简明扼要地说说我的想法吧，我保证能够取得成功！'"

"部长命令手下：'把这个人给我扔得远远的！'"

"我拼命地喊道：'魔鬼对我挤眉弄眼，祭司韵语征服了我。部长先生，你看怎么样，你给我拨一批伊斯兰的原子弹，我卖其中的一半，把另外一半扔到克杜斯坦，让克杜斯坦人的鲜血与哈堆利人的鲜血流淌在一起。'"

"部长极其不耐烦地听完我的话，命令便衣：'把他逮捕，抽他的嘴巴，把他的衣服扒光，折断他的肋骨，拔掉他的牙齿！’”

“还没有等他说完，我就撒丫子逃之夭夭了。我环顾左右，无可奈何，思前想后，终于想到了中国的万里长城，此时，我仿佛置身于宏伟壮观的万里长城脚下了。我在那里振臂高呼：‘中国人！中国人！来自遥远的哈堆利部落的萨麦勒来向你们求助了！’”

“我的话音未落，面前就出现一个年轻的中国人，他正值青春年少，不超过八十七岁。他极其热情地说道：‘欢迎，欢迎！你是我们远方的客人！’说着，他把我带到一个宽敞明亮的房子里，请我喝绿茶，专门为我宰了一只大肥鸭子。等我吃好喝好以后，他问我：‘尊敬的客人，你是从什么地方来的？’”

“‘我是从哈堆利部落来的，我叫萨麦勒。我希望能够见你们中国的大人物。’”

“‘大人物在河里游泳。’”

“‘我可以见他的副手吗？’”

“‘明天到人民大会堂去吧。’”

“第二天一大早，我们就来到人民大会堂，穿过宏伟高大的厅堂，终于到达接见大厅。这位大人物看上去不超过九十岁，他一见到我就情不自禁地张开双臂，热烈地欢迎我。他问我：‘欢迎你！你是从哪里来的？’”

“我说：‘我是哈堆利部落的萨麦勒，一个文学青年、有知识的人。我毕业于加利福尼亚大学。我经常与有身份的人同席对饮，我是阿拉伯人中的出类拔萃者，我能够把魔鬼从——’”

“‘你说什么？’”

“‘总之，我无事不登三宝殿，我希望能够做中国原子弹的代理商。’”

“他奇怪地看着我，一会儿低头不语，一会儿打瞌睡，一会儿用手敲打沙发的扶手，最后说道：‘你说什么？原子弹？你要知道，孩子，战争是有害的、毁灭性的，武器意味着暴行、死亡，原子弹能够污染空气和大地，威胁臭氧层，对于孩子和老人的脸面有损伤，用原子弹轰炸其他人有损于彼此的交往，伤害感情，也许会导致人们神经错乱，造成重大烧伤。我们中国人主张和平解决一切问题，当然，朝鲜战争、越南战争等除外。我们的农业是发达的，你能不能做我们的绿茶代理商？绿茶的好处是说不尽的，它能够消除口臭、使人精神焕发、食欲大增。你也可以做茉莉花茶的代理商，茉莉花茶对于面黄肌瘦的人有好处，还可以治疗头晕，有益于长头发。’”

“‘先生，我到贵国来是为了赚钱的，不是为了治疗来的。’”

“‘那就请便吧！’”

“我离开了中国，自言自语地说：‘还是艾布·哈什德说得好：在这个世界上，尊贵的人能够使得你心情开朗，在这个世界上，有地方为邻居居住……我应该到罗马尼亚去。’”

“我乘坐飞机来到罗马尼亚的上空，突然，我的脑海里闪现出来一个想法，便自言自语地说：‘让我突然袭击犹太复国主义者吧，用我的双手要求我的权利。’我立即站起来，走向飞机驾驶员跟前，亮出我的钳子，厉声说道：‘听着！立刻转移方向，把我带到特拉维夫去，否则，我就轰炸飞机，和飞机上所有的人同归于尽！’”

“罗马尼亚飞行员惊慌失措，他毫无办法，只得把我送到特拉维夫机场。我单独一个人下了飞机，看到摩萨德情报人员戴着墨镜、穿着黑色的衣服，口中念叨着《圣经》中的章节。我对他说：‘马上带我去见你们的头目！’”

“摩萨德情报人员把我带到摩萨德情报局长办公室。我对情报局局长说道：‘萨拉姆！姆什海·本·纳姆卢德·本·阿迪扬将军！你是情报局局长。’”

“情报局局长惊讶不已，问：‘世界上真是无奇不有！你是什么人？怎么会知道我的名字和职务？我的名字和职务只有总理与他的岳母知道啊！’”

“‘你的职务在你的肩膀上，你的名字在你的口袋里。’”

“‘阿拉伯人真是聪明绝顶，富有敏感性！’”

“‘你要赞扬贝都因人。’”

“‘你是犹太人的敌人？’”

“‘我是犹太人的敌人？犹太人难道没有眼光？犹太人有没有手、臂膀、感觉、情感？是不是在吃同样的饭？是不是被同样的武器伤害？是不是在遭受同样的疾病的困扰？是不是在使用同样的办法治疗？是不是同样在夏天感到溽热，在冬天感到寒冷？这些对于基督徒也是一样的，难道不是吗？假如你们否认这些是不是莫名其妙的事情？如果你们伤害了我们，我们是不是应该报复你们？’”

“将军笑了起来，说道：‘人活着就会出现奇迹，阿拉伯人表达了莎士比亚的精神。我已经从苏宰那里学到了不少。’”

“我一听到苏宰的名字，立刻感到天昏地暗。将军看到我站立不住了，命令卫兵用凉水浇到我的头上。我苏醒过来，问道：‘她是你们的人？’”

“‘我们不和阿拉伯人讨论这个问题，阿拉伯人都和安拉在一起。说说别的事情吧！你来到这里有何贵干？’”

“‘我想买以色列的原子弹，把它扔到敌对国家去，以便从中获得益处。’”

“‘具体有什么打算？’”

“‘用不着细说，难道你害怕购买的人把它扔到你们的头上吗？’”

“‘听着，牧民，阿拉伯人仇视我们，但是，他们之间的仇视比起对我们来说有过之而无不及。在谈论原子弹之前，我愿意与你探讨一下中东和平计划。你知道犹太人的领袖们认为和平只是个时间问题，当和平真的到来时，我们希望那种和平应该是真正的和平，能够实现真正友好的和平，真正贸易往来的和平，真正繁荣昌盛的和平。你也知道，没有统一就没有稳定，没有分工就没有统一，没有比较明确的观点就没有分工。让我列举几个简单的例子，便于你能够充分的理解。比如说运输问题，你们阿拉伯人多少世纪以来堆积起来的面包，是用沙漠之舟运输来运输去的；而我们却是用飞机。你们阿拉伯人差不多每天都离不开念珠，甚至遍布世界各地，我们没有那么多人，我们尊重你们的习惯，你们可以去制造、买卖念珠，而我们却热心于使用电脑，再拿石油和橙子来说，你们可以用石油换取大量的橙子；而我们正相反，可以用橙子换面包。石油的颜色令人不敢恭维，价格也经常波动，还污染环境，破坏生态平衡，而橙子不仅颜色可人，而且味道鲜美。我们希望真正的和平，以便我们向你们提供足够的橙子。’”

“‘将军，我没有进行突然的、历史性的、为了争取实现和平的访问，这是那些历史性的头头脑脑们的事情，我只有一个愿望，就是寻找原子弹。’”

“‘好吧，我可以给你原子弹，条件是要用你的五十公斤肉和脂肪来换，而且现在就动手术！’”

“‘五十公斤肉和脂肪？你真是会开玩笑！’”

"'真的，我不开玩笑。'"

"'那么，你们拿我的五十公斤肉和脂肪干什么？"

"'我们要用它来仔细地研究，科学地分析阿拉伯人、贝都因人，我们估计将会获得有关和平进程的极其重要的结论。'"

"'那我呢？'"

"'你就请便吧，一个星期以后，你就会在你的口袋里看到原子弹了。它会变得最小、最轻、最好。'"

"'好吧，将军，咱们就这么定了吧。'"

"'上厕所往那里走……'"

"将军的话还没有说完，突然，从天花板落下来一个铁丝网，把我笼罩在里面，难以出去。我抗议道：'我们已经达成了协议，难道我还要受到如此的虐待吗？'"

"'是执行这个协议，或者以你戏弄希特勒的胡子为名，关你九十一年！'"

"万般无奈！尽管我拼命挣扎、大声喊叫，他们就如同什么事情也没有发生似地不理睬我。我感到世界末日将要来到，只觉得万念俱灰，眼前一片模糊。这时，有一个声音突然在我的耳边响起：'你喊冤枉！突哈米快来拯救我！'"

"我情不自禁地拼命喊叫起来：'突哈米快来拯救我！'"

"这时，将军办公室的顶棚一片一片地飞走了，一个身穿军服的膀大腰圆头上扎着绿色头巾的人从天而降。"

……

“巨人对我说：‘我是突哈米陆军中将。你有什么委屈，尽管告诉我！’”

“我急忙对他说：‘尊敬的突哈米陆军中将，快救救我！我已经被以色列的将军扣留在这里不能脱身——’”

“突哈米陆军中将听了我的话，什么也没有说，只是对着以色列将军的脸轻轻吐了一口唾沫，以色列将军就动弹不得了。然后，突哈米陆军中将转过身来对我说：‘你穿上我的斗篷，跟我来吧！’”

“我赶忙穿上他的斗篷，跟着他从地面上飞腾起来，升到空中。他问我：‘你要到哪里？’”

“我说：‘去找顾问先生。你们这些先人怎么也有将校军衔？’”

“‘我们有军衔，但是，我们并不是军人，而是国家的柱石。’”

“‘那你们为什么穿军装，而且有陆军中将的称谓？’”

“‘我们是真理的化身，有一定的军衔是为了与法律界人士相互配合。我在武装部队里面的工作，只不过是一种掩饰我与情人关系的手段而已。’”

“‘担心瓦哈比派，因为瓦哈比派的人不喜欢苏菲派的人。

你是不是瓦哈比派的人？’”

“我不作声，眼睛只是盯着他，其实我和他之间的距离足有几千米，我想这么远的距离，不说话也没有关系。不料，他还是继续问我同样的问题。我只能说：‘突哈米陆军中将，我怎么能够成为瓦哈比派的人？我是哈堆利的一个普通的长老而已。’”

“‘啊，哈堆利的一个普通的长老，你有没有头衔？’”

“‘我只是喜欢有一个学位，梦想能够成为一个联系人。’”

“‘我知道了，你属于诺斯替教徒。’”

“这时，他把我带到顾问的帐篷前。我转过身去，想向他表示谢意，可是，在我面前只有一团神秘的香气在飘荡，却没有他的踪迹。”

“我进入帐篷，看到顾问在向我招手。可是，我已经怒不可遏地向他扑过去，用力抽了他五十下，说道：‘这是给你的奖赏！’”

“他奇怪地问：‘发生了什么事情？’”

“我把经过详细地述说了一遍，说道：‘现在你还有什么要说的？’他倒是不生气，让我等待一会儿，他站起来走到电脑那里，按动了电钮，口中喃喃道：‘比咨，开门！比咨，开门！’”

“我说：‘上次你不是这么说的！为什么改变了称谓？’”

“‘这只是技术问题。你看，这里有一些白刃武器还没有人注册，你是不是感兴趣？这些白刃武器是瑞士军刀、也门腰刀、卡都斯坦刀。’”

“我离开他，走到帐篷门口时，问他：‘代理费用怎么算？’”

“‘什么都属于你的，我不需要什么。’”

“我乘坐瑞士飞机，然后转乘出租车，来到瑞士军队对外关系处处长面前。我见他正在埋头仔细观察一把瑞士军刀，便向他问好，说道：‘我希望做瑞士军刀的代理。’”

“他说：‘瑞士法律禁止请外国人做军刀的代理。’”

“‘这是没有道理的，也是不礼貌的。’”

“‘瑞士法律禁止外国人在日内瓦及其周围佩带军刀，同样也不准他们收购手表制造厂，还不容许外国人在瑞士逗留超过二十分钟，不容许外国人乱扔豌豆皮，不容许陪伴东方舞女到旱冰场。’”

“我说：‘你们的法律是不是也禁止外国人在你们的银行存款？如果安拉知道你们的这些规矩，那么，就不会容许你们打开海上之窗，不会给你们夜莺般的语言、这么好的住宅、如此美妙的食品。’”

“他听了我的话，并不以为然，反而从口袋里拿出来一块巧克力，说道：‘你舔一下这块巧克力，你的讽刺语言也许会变得文雅一些了。’”

"'给你一把腐烂的胡子，去死吧！'"

"说完，我扬长而去。我来到一位也门有知识的诗人朋友那里。我说：'我希望做也门腰刀的代理，不知道能不能进出口？'"

"他礼貌地说道：'目前的情况不容许出口腰刀。'"

"'你说的目前情况是什么样的情况？'"

"'性的统一、民主、和睦相处、和平。'"

"'人们之间能够谅解吗？'"

"我的面前只有卡都斯坦刀这唯一的希望了。于是，我来到了飞机场，坐在那里等飞机。这时，有一个漂亮的小姐来到我的面前，递给我一个纸饭盒，说道：'你到顾客那里去，也许能够得到一点儿吃的。'"

"我十分生气地说：'你以为我是要饭的吗？'"

"她说：'在卡都斯坦有好多圣洁体面的男人，你可以把我当作是一个普通的市民。我的心确实已经破碎，平时我吃的也很简单，正在品尝人间的滋味。'"

"我终于来到了卡都斯坦的军事工业部部长的办公室，向他表明同样意愿。他问：'你具体想干什么？'"

"'我要在阿拉伯国家卖刀，我可以从大马士革到巴格达，从埃及到也门，周游整个阿拉伯世界。'"

"'难道你就不担心它被出口到玛库斯坦吗？'"

“什么‘玛库斯坦’？这个‘玛库斯坦’是一个饭店的名字，还是一个商店的称号？我从来没有听说过这个名字呀。部长的脸上显露出一种十分惬意的笑容。这时，有一个秘密情报人员走进来，对部长小声地说：‘绝对机密呀，部长大人，根据绝对可靠的情报，这个人正在与玛库斯坦的国防部部长谈判！’”

“没有等他说完，我就感觉大事不妙，于是便撒丫子跑掉了。我慌里慌张地来到顾问的帐篷跟前，脑袋才算是清醒了一点儿。他接见了我，看到我的狼狈相，不禁大笑不止，说道：‘看样子你是死了父亲了，公司解散了，你要得到二十五万美元了！’”

“我奇怪地问：‘你说什么？你说我的父亲死了，我反而得意了？’”

“‘难道你不知道吗？法拉威不是说过吗？一个人只有在死了父亲以后才能成为真正的男人。这是一种比喻。’”

“‘去你的吧，让法拉威也一边儿待着去吧！是的，我曾经继承了父亲的二十五万美元，可是，那是好久以前的事情了。是通货膨胀以前，那时加辣椒面儿的三明治还要用一个法郎、烤肉串儿要四分之一个里拉、从贝鲁特打电报到哈姆杜需要一块钱。那时的钱是钱啊，不像现在。我的钱很多，我兴奋过度，拼命地花钱，没有几个月，竟然全部花光了！’”

“‘没有几个月就全部花完了？这怎么可能呢？’”

“‘如果没有法拉哈·拉比阿，我还不至于那样。’”

“‘法拉哈·拉比阿？那个著名的歌唱演员？你认识她？’”

“‘你和法拉哈·拉比阿结婚了？什么时间？在什么地方？’”

“‘是的，我们结婚了。你别着急，听我慢慢说来。那时是多么美好的日子啊！’”

“‘现在，她已经七十多岁了。’”

“‘时光无情！那时的法拉哈·拉比阿是个亭亭玉立的美丽姑娘，她那姣好的面容、一潭清水似的眼睛、甜蜜的微笑，高耸的胸部总是让人流连忘返。我第一次见到她，是在哈姆杜的一家咖啡馆里，我那时还是一个浪漫的十五岁青年，经常与家里人到山上去避暑。法拉哈·拉比阿比我要大一点儿，大两三岁吧，她那时还没有出名，刚刚涉足文艺界。她是在一群保镖的保护下出现的，在她的周围有她的父亲、母亲和几个亲戚。他们组成了一个演出团体，不断滚动发展，逐渐成了气候，名声在外。法拉哈·拉比阿显然是个天真无邪的好姑娘，也许是由于众人捧场，有时显得有点儿傲气。名誉有的时候会成为一个人的负担和骄傲的资本。”

“‘我从远处看到了法拉哈·拉比阿，立刻被她的美貌所吸引，脑海里便产生了一种奇异的幻想。她习惯在半夜出场，如同昙花一现，表演几个歌曲、跳几支舞，就匆忙地隐去了。我总是坚持看完她的演出，若有所失地回到家里，心烦意乱地打开窗户，默默无语地盯着窗外的松树，心里乱七八糟地扑通，直到天亮。对于一个十五岁的少年来说，这是一种说不清楚、道不明白的感觉。那时，我还没有开始写诗，只是无名地遐想、渴望。我不认为她已经注意到我了，可是这种咖啡馆之恋，却使我饱尝了人间的喜怒哀乐。我越是想她，就越是爱她，越是离不开她。单相思终究是万分痛苦的事情，单相思没有对手、没有人倾诉、没有人交流、没有人引导、没有人争斗、没有人关怀，同时也没有可能松懈，而只有向往、不停地追求。”

“‘整个夏天过去了，法拉哈·拉比阿已经深深地刻在我内心深处。我回忆起自己的成长过程：我到了美国，认识了苏宰；获得了博士学位；开始攻读人类学；企图经商赚钱；后来，父亲去世，留下二十五万美元；我决定在贝鲁特花这笔钱。我喜欢贝鲁特，也喜欢阿拉伯的其他国家城市。贝鲁特是每一个阿拉伯人心目中的首都，对于所有的阿拉伯人都具有强烈的诱惑力。在贝鲁特，我又看到了法拉哈·拉比阿，她已经长大了，成为二十多岁的姑娘。当然，姑娘的真实年龄谁也不知道。这时，她已经是大名鼎鼎的歌星了，并且在一些电影里面担任主角，她的巨幅画像悬挂在墙面上。真是奇怪极了，我发现自己仍然在爱她。我曾经千方百计地企图吸引她的目光注意到我，索性每天晚上都坐在头排，目不转睛地看着她。但是，第一次海湾战争爆发了，香槟战争也爆发了——一个海湾的小伙子竟然成为我的挑战者！”

“‘他几乎和我一样，每天晚上都坐在头排，目不转睛地看着她！香槟战争终于爆发了：他扔过来二十瓶香槟酒，我还给他三十瓶香槟酒，直到我扔过去二百瓶香槟酒时，他宣告失败，撤退了。法拉哈·拉比阿终于向我展开了迷人的微笑！我们相识了。我也认识了她的父母和其他亲戚朋友。我成为她的保镖之一，与他们如影随形，成双配对地进入人们的眼帘。我们经常一起吃饭、玩乐，我为她写歌词。这个时期法拉哈·拉比阿的著名歌曲都是我的杰作。但是，我始终没有在我的作品里暴露我的真实姓名，而是写《车站夜鹰》《平凡贝壳》《洼地小鹅》’……”

“教授，这些不是富尔克卢早期的作品吗？”

“啊，是啊，反正我不记得了……但是，我继承并且发展了它们！使得它们更加具有现代色彩。我经常和法拉哈·拉比阿聊天，尽量取得她的欢心。她逐渐离不开我了，向我表白她的爱。可是，我却尽量装作无所谓的样子，她更加急切了，让她的父亲出面与我进行了谈话。这次最高级别的双边会谈安排在国家体育馆附近的咖啡馆里举行，气氛相当隆重。她的父亲严肃指出，说她的女儿是个处女，天真烂漫，如花似玉。但是，她并不希望经常与我会面，以免造成不好的影响；如果我真的想和她好，就应该正式向她求婚，否则就不要再纠缠她。我当即表示自己对她的感情是真挚的，愿意正式向她求婚。这时，她的父亲——我的岳父进一步向我提出，如果真的是这样，那么就谈谈细节：他提出要多少彩礼、多少珍珠宝贝、多少衣服、多少……我只能一一答应下来。这样一来，我的钱也就花得差不多了。尽管如此，我始终处于极度的兴奋当中，没有考虑其他的一切。我沉溺于美好的想象之中，面前的一切都是那么美好，布满了幸福的前景。但是，万万没有想到这时阴云已经出现。”

“我获得了单独与她相处的权利，这是一种什么样的荣誉啊！法拉哈·拉比阿可是一个当红的著名歌星啊，不管她出现在什么地方，人们都会如同众星捧月般地跟踪她、请她签名、合影，她是个新闻人物，一举一动都是记者们争相报道的材料。和一个女明星交往的滋味真是好极了，那么多的男人在追捧你的爱人、一个著名的歌星，那是多么自豪的事情！好像自己成为一个战胜了所有男人的英雄。我感到满心的欢喜，所有的男人都喜欢这个女人，而这个女人是属于我的！我是这些男人中最伟大的一个人。”

“法拉哈·拉比阿是我第一个爱恋的名女人，但是，她并不是最后的一个。后来，比比出现了——一个法国的棕色的原子弹！这是前几年的事情，有一次，我在河边散步，有人出租毛驴，我便骑上了一头。我骑的毛驴拼命地叫着，企图追赶前面的一头母毛驴。没有多久，我骑的毛驴就追赶上了前面的那头母毛驴，我突然看到在那头母毛驴的背上坐着一个绝色的美女。她对我说：‘年轻人，你喜欢毛驴吗？’”

“我情不自禁地说道：‘是的，是的。’”

“‘为什么？’”

“‘尊敬的夫人，因为我生长在有水有草的地方，家乡到处可见毛驴和其他的动物，我们那里的毛驴种类繁多，有温柔的、野蛮的、阿拉伯的、法国的，有世界上最大的毛驴，它们中有圈养的、有野生的，有用于比赛的、有用于配种的。总之，应有尽有。’”

“她笑了，说道：‘还有用于配种的？’”

“‘是的，我们家就圈养着良种毛驴。’”

“她笑得前仰后合，说道：‘你能不能跟着我到我的家里去？在那里肯定会有一个惊喜等着你的。’”

“我的心汹涌澎湃，不由自主地跟着她来到她的住宅，想象着究竟会有什么惊喜在等着我呢？确实是一个‘惊喜’，当我进入她的院子时，立刻被眼前的景象惊呆了——那里有至少五百头毛驴！院子收拾得干干净净，毛驴们也是长得十分体面，各个毛色光滑、水灵，膘肥体壮，充分显示了女主人对它们无微不至的关爱。那些毛驴见她回来了，全部围拢过来，有的用嘴舔她的脸，有的用身体蹭她的身体，显得分外亲热。那些毛驴和她亲热完了，就纷纷跑到我的面前，要和我亲热，我一看，势头不对，立刻撒丫子跑掉了。”

“我回到了法拉哈·拉比阿的身边，准备举办婚礼事宜。婚礼在世界上最好的饭店里举行，我们邀请了许多社会名流，其中有我的朋友卡迈勒·夏蒙、萨米·巴克·萨利赫、哈吉侯赛因、拉什德·阿凡提等，以及著名的女士，另外，还有一些著名的侦探、记者、走私分子，他们能够把第十世界的浑水搅得更加浑浊。”

“婚礼结束后，我和法拉哈·拉比阿来到一个能够俯瞰大海的豪华套间。法拉哈·拉比阿梳洗了一番，穿着睡衣，浑身洒满了香水，来到我的面前。也不知道为什么，她要求我朗读诗歌，多么浪漫！我说：‘我能够用笔写下你眼睛的美丽，假如我能够计算出来你美丽的程度……’”

“她问：‘这是谁的诗歌？’”

“‘这是莎士比亚的诗歌。’”

“‘你能够朗读阿拉伯的诗歌吗？’”

“于是，我激情地朗读了穆泰纳比的诗，法拉哈·拉比阿顺着诗歌的节拍轻柔地舞蹈着。可是，突然，发生了一件奇怪的事情，我正在忘情地朗读着，耳边却传来了我亡妻的声音，电炉也在我和法拉哈·拉比阿之间跳动起来！我看到了电炉在跳动，但是法拉哈·拉比阿却看不到，因为她的脑细胞没有经过电疗，没有这个功能。事情越来越复杂了，电炉在我的耳边说道：‘我十分想念你，你难道就不想念我吗？’我顿时惊恐万状，尽量小声地说：‘我求求你了，你走吧，咱们再约会吧！’尽管我的声音放得很低，法拉哈·拉比阿还是听到了。她万分诧异地停下跳舞，说道：‘你说什么？你让我走？在我们的新婚之夜？让我们再约会？’”

“我慌忙说：‘法拉哈·拉比阿啊，我不是在跟你说话，我在对电炉说话。’”

“法拉哈·拉比阿痛苦万分、痛哭流涕、痛心疾首，说道：‘电炉！电炉！难道我是要冷冻起来吗？难道你要在我们的新婚之夜需要电炉？’”

“这时，电炉靠近我，想和我上床进行交配！当然，法拉哈·拉比阿是看不到电炉的举动的。但是，她能够看到我的举动，感到万分奇怪，便拼命地高声喊叫起来：‘你在干什么？你这是怎么啦？多么奇怪！’”

“电炉折腾完了，我也弄得满头大汗，电炉安慰我，使得我稍微平静了些。电炉大笑不止，我急忙用手去捂法拉哈·拉比阿的耳朵。那是一种多么令人难堪的场面啊，电炉大笑不止，法拉哈·拉比阿痛哭流涕，而我只能来回地劝阻、安慰，整个新婚之夜泡汤了！大哭大闹的场面终于惊动了楼房的保安，他们拿着警棍纷纷跑来，讯问发生了什么事情？法拉哈·拉比阿看到他们到来，如同见到了救命恩人，拉住他们不放，说道：‘罪犯！罪犯！他这个人在新婚之夜就背叛了我！就在我的面前和什么东西搞在一起！你们能够想象得到吗？他和什么电炉乱搞！’”

“消息迅速传开。法拉哈·拉比阿的父亲气急败坏地当即决定办理离婚手续。保安把我痛打了一顿，把我当作疯子对待。法拉哈·拉比阿像躲避魔鬼似地赶紧和保安一块儿离开了我。新房里只剩下了新郎独守空房，万籁俱寂。我在银行里的存款也所剩无几，电炉却依然频繁光顾我，笑话我，弄得我快要发疯了。电炉毁了我，我要毁了它。可是，一个人想要毁灭神灵，又谈何容易！你根本抓不到它，它是那么轻巧、灵敏、神出鬼没，它能够穿越时空，穿墙而过，也不跟你费什么话，说干什么就干什么，为所欲为，独来独往。”

“我想到了自杀，可是又不甘心就这样结束自己年轻的生命，我又不是一头毛驴。电炉几乎和我形影不离，日夜陪伴着我，还不时地向我做鬼脸，嘲笑我，它一会儿从墙面伸出尖尖的手指头比画着，一会儿又伸出来长长的舌头做个鬼脸，使得我日不安宁、夜难成寐，折腾得我死去活来。我要毁了它！顺手抓起椅子、瓶子、脸盆、书本、烙铁、电话机向它砸去，但是不仅没有打着它，反而把玻璃、屏风、桌子、梳妆台都弄坏了。由于我用力过猛，竟然把墙推倒了。”

“我昏迷过去了。不知道什么时候，仿佛置身于地中海的岸边，汹涌澎湃的海水具有强烈的吸引力，我身不由己地向海水深处滑去。我开始在海洋里游泳，直到筋疲力尽，眼看快要淹死了。也许我的命大，感觉自己只是在水面漂浮着，却不下沉。也不知道什么时候，我漂浮到了岸边，定睛一看，面前出现了苏联大使！他起初以为我是美国中央情报局的人呢，见到我时，竟然吓了一跳。我见他惊慌失措的样子，也吓了一跳，由于过度疲劳，竟然晕了过去。人们赶紧呼叫急救人员，以为我是一个死人，把我抬到急救室进行抢救。昏迷中，我又看到电炉出现在墙上！电炉还在笑个不停，我无可奈何，毫无希望，随着电炉得意扬扬的笑声，我气急败坏，又一次昏了过去。当我醒过来时，电炉还在笑，我只能苦笑了。人们见我一会儿昏过去，一会儿又傻子般地笑，便认为我是一个神经病，特别安排一个医生专门看护我。看护我的医生与我如影随形，电炉便对他施以魔法，结果这个医生也变得魔怔了。他也和我一样，一会儿昏过去，一会儿又傻子般地笑。电炉折腾完了医生，回头又来折腾我。我一会儿昏过去，一会儿又傻子般地笑，医生却暂时恢复了正常。他开始询问我，如同约翰逊大夫一样，只不过是一个翻版：‘你为什么要自杀？’”

“万般无奈，我只有回答：‘我没有自杀呀，扎阿台尔医生。’”

“‘但是，你跳入了大海！’”

“‘我没有跳入大海，墙推倒了，我掉到海边了。’”

“‘墙推倒了？’”

“‘是的，墙推倒了，是我推倒的。’”

“‘是你推倒的，就是因为你想要自杀。’”

“‘不，我推倒它是因为我要抓住电炉。’”

“‘电炉？什么电炉？’”

“‘是的，是电炉，我的亡妻。’”

“‘你就别开玩笑了！你以为我就那么容易相信你编造的谎言吗？’”

“‘我刚才还听到你在傻笑。’”

“‘开什么玩笑，刚才分明是你在傻笑！’”

“‘你也中了邪了！’”

“‘胡说八道！我们就不要再说什么中邪不中邪了，我现在关心的是你是怎么糟蹋、折腾法拉哈·拉比阿的。’”

“‘我没有糟蹋、折腾法拉哈·拉比阿，只是在新婚之夜出现了电炉，是电炉和我做爱。’”

“‘我没有兴趣听你胡说八道，你应该面对事实。根据我的分析，你是个性无能者，在新婚之夜你对法拉哈·拉比阿无能为力，所以想到自杀，对不对？’”

“‘医生，请你相信我，我不是什么性无能，只是电炉阻挡了我们的性爱，破坏了美好的新婚之夜。’”

“‘难道你要我相信你所说的什么电炉、亡妻的鬼话吗？’”

“‘信不信由你，这些都是事实。’”

“‘那么，我要亲眼看到鬼魂。’”

“‘你看不到它。’”

“‘为什么？’”

“‘因为你的脑细胞没有经过电疗。’”

“‘许多病人经过电疗，但是，他们都没有中邪啊。’”

“‘这就对了，电疗对第6666661号脑细胞没有影响。这些细胞负责组织人与鬼之间的联系。信不信由你。’”

“‘算了，不要说这些没有用处的，我问你，你是什么时候开始性无能的？’”

“‘我并不知道什么性无能，正好相反，我很能干的。如果你不相信，那么，就请你请一个护士来，让你亲眼看看吧！’”

“‘胡说八道！你跟法拉哈·拉比阿都不行，还想找什么护士！你说，你是在什么时候开始性生活的？’”

“没有办法！我怎么也说不明白，只能顺着他的思路来做违心的回答。于是，我干脆什么都承认了，我承认自己要自杀，因为我不能和法拉哈·拉比阿上床，我编造了一些莫须有的故事。这时，我发现他听得很满意。我对他说，我现在面对现实，自己也感觉好多了。他立刻兴奋起来，宣布用不了几个星期，我的病就会好的。我终于挨到了最后的一夜，却发生了一个奇怪的事情！”

“我稀里糊涂地来到宇宙飞船里，外星人为我打开了头颅，改变了信号装置。他们给了我十亿美元，租借我的脑细胞，为期五年。并且说好在最初几年的年初自然地将其中四分之一的款项存入我指定的任何一家银行。我向外星人反复强调指出，这笔款项数目极其巨大，我实在没有资格领受。可是，外星人一再表示，在当前科学技术如此发达的时代里，这点儿钱对于他们来说简直是小菜一碟，得来全不费工夫；说等到化学原料集中起来以后，在银行里面的钱就会自然形成。我不懂得他们的解释，但是，有一点是可以肯定的，就是这些钱不是偷来的，而是用另外的方式得来的。不过，接着又发生了一个奇怪的事情！”

“这件事情也许是好事情，也许是坏事情，我并不知道。有一个像床铺一样的女外星人表示要和我上床！我说如果有选择余地的话，那么，我就拒绝。可是，我没有成功。当时的感觉就像过电一样，如同暴风骤雨、电闪雷鸣。完事以后，床铺告诉我，从现在起，根据外星的法律规定我们就是夫妻了。”

“真是莫名其妙，一会儿是电炉，一会儿是床铺！她还告诉我，由于我们经过了房事，从此我就能够听到从外星发来的电波，我没有什么选择，也许有的时候我会听到一些意想不到的令人惊奇的消息呢！”

“不管怎么说，我当时年仅三十岁，却成了世界上最富裕的人之一。我首先要做的事情，就是要妥善地保管好我的巨额财富。于是，我聘请了一些律师、金融顾问、经济学家，同时，把我的财产分散到世界各地。这样，我的财产滚滚而来，但是，我不否认我的固有原则。我为自己规定了两个原则：一个是阿拉伯民族的复兴；一个是摧毁以色列。我还为自己设置了一个具体的目标：追求幸福。”

“美国人的人权观念是十分强烈的，甚至高于国家法律。宣布独立是领导人的事情，而后有了宪法，有了美国人对于幸福的暴力追求。他们消灭了几百万的印第安人，给每个冒险家几千名掠夺而来的奴隶作为奖励；他们千方百计地从世界各地吸纳科学技术精英来充实自己的智囊库。其实，美国是个暴力色彩很浓重的国家，有不止一亿人拥有武器，有一百多万人生活在棍棒下面，拥有武器是在美国宪法中明文规定的。对于幸福的暴力追求！美国人是特殊的人，人权高于宪法，他们追逐幸福需要武器。美国人实现了他们所追求的所有目标，但是，无一不是使用暴力。他们不断地扩展自己的势力地盘，寻找各种各样的借口——什么注定的命运，什么内战，什么战舰外交。记得一位美国领导人说过，美国的暴力比苹果还要好吃。你可以把美国人的这种做法称为文明，但是，它具有两方面的含义：一个是暴力的幸福；另外一个就是幸福的暴力。恐怕至今还没有人能够像我这样高度总结美国人的文明，而且是把两种权利联系在一起。追求幸福，却荷枪实弹。”

“不谦虚地说，我这个人能够看到一些事物之间的联系，而别人却看不到。幸福的暴力，这就是美国。所有的东西都是通过暴力取得的，这是不可否认的事实，但是，美国人却不这样认为。他们不把暴力说成暴力，没有一个人把一些事情说到点子上，只有升级和财富才有其名。美国人把暴力冠之以竞争，多么有趣的名词！一个孩子在学校里学习，就要从小学会与别的孩子竞争。在别人打他之前，一定要先发制人地打别人。有人在研究美国人的家庭与阿拉伯人的家庭之间的区别。当一个美国孩子被别人打了，哭着回家，他妈妈就会十分介意地告诫他：‘你明天到学校去打那个学生，但是，不要让你的父亲知道你被别人打了，而且哭了。’”

“可是，同样的事情如果发生在阿拉伯国家，那么，这个被打的孩子跑回家时，他的母亲就会把孩子搂在自己的怀抱里和他一块儿哭，说：‘我的小宝贝，他们打你了？是谁打了你？明天让你的父亲一块儿和你到学校里去打他。’这是一个简单的比喻，却能够看出两个民族之间的巨大差异，一个是鼓励自己的孩子自己去报复其他的孩子；而另外一个却是教导孩子去找自己的父亲——那个习惯于打自己的孩子的父亲去诉苦。阿拉伯的孩子也许会遭到自己父母的打骂，因为父母始终认为校长和老师是万万得罪不起的。为了维护这种尊严，父母也许会忍气吞声，或者要求自己的孩子从此不要和那些孩子交往，从而抹杀了孩子的个性、尊严。与此相反，美国的父亲则希望孩子有自己保护自己的权利，如果别人打了自己的孩子，而自己的孩子却没有打他们，这是一种奇耻大辱。”

“在美国，人们之间的争吵不是以谈话结束，就是以暴力解决。不管以什么形式解决，当事人都不让旁观者插手，而是最终使一方彻底屈服。而在阿拉伯国家，如果发生吵架，情况却截然相反，只有拼命地、声嘶力竭地喊叫，最多是推推搡搡，而且，必然有围观者介入，事情才能解决，没有正确与否，没有胜利者与失败者。拳脚相加，足够一个人住院一年与争执不休、大吵大闹之间的区别是很大的。在争吵中没有谚语，没有骑士风度。如果你能够使用你的肌肉骨骼取胜也可以，如果你能够通过结伴搭派战胜对手也行，如果你能够将自己的亲信安插在敌人阵营用计谋促使对手失利同样是个办法。反正是各人有各人的高招儿。”

“这不是攻击美国人，而是一种十分冷静客观的分析。应该把我的这些十分冷静客观的分析记入国际司法部的档案里面去，以便不使我的朋友海卡尔把美国称为‘超级大国’‘无耻的客人’。”

“美国社会成功地达到了给幸福下定义的程度，至于其他各国人民却仍然处于解释哲学定义的阶段。美国的定义是什么？幸福就是人通过竞争而实现的物质成功。历史就是这样在曲折的道路上前进，向着越来越好的方向发展。这个道理是很简单的，试想一下，现代人与几千年以前的人相比较，那些差别是十分明显的。人的寿命增长了好多倍，儿童的死亡率大大降低了，传染病、饥饿现象减少了，教育得到了普及，普通人现在能够享受到过去国王梦寐以求的东西。”

“正如我的朋友纳赛尔对他的朋友卡扎菲根据所有人的朋友海卡尔所说的，人们越来越好……后来，我终于苏醒了，发现自己生活在这个所有事物都发展到了它的顶峰的今天。第一次世界大战和第二次世界大战之间，有七千万人倒下了；加上零星的战役，死亡人数不下一个亿。希特勒用毒气杀伤了多少人，后来的人们如法炮制，成千上万的无辜者含冤而死，斯大林叔叔让一千万农民饥饿而死……这还是属于政治范畴的事情，那么，其他方面的情况呢？”

“儿童的死亡率大大降低了，这是事实。可是，在西方现在还有三分之一的儿童属于非法出世的，只有父亲或者只有母亲抚养，等待着这些孩子的未来是什么？艾滋病仅仅在非洲就正在威胁着几百万人的生命，每分钟都有儿童在世界的不同地方因为饥饿而死。诸如此类的事实，每天都摆在人们的面前，只是人们对此熟视无睹而已，人们更多的是在关心进步与发展。”

“究竟什么是幸福？所有的哲学家、诗人、文学家大都在寻找答案。日耳曼的哲学家认为幸福并不是凭着人们的智慧，而是凭着人们的想象得出来的结论。有一句话说得很狂妄：‘只有疯子才能够体味到幸福的滋味。’纪伯伦说，幸福是受苦人的一种体会。著名的黎巴嫩歌唱家菲露兹不仅演唱纪伯伦的诗歌，而且她还吟诵《古兰经》中的篇章。而我不仅不青睐其他歌唱家的演唱，甚至对于菲露兹的演唱也不敢恭维。菲露兹是所有阿拉伯人的大使，她遍访世界各地，她的美妙歌曲涉及宇宙的星辰，她只是演唱黎巴嫩和叙利亚的诗歌，而其他阿拉伯诗人却热衷于歌颂亡灵。纪伯伦写道：‘然后，一个女人说，我们谈到了快乐与忧愁。他说，你们的快乐在揭开面纱之后便是你们的痛苦，不断涌现你们笑声的源泉经常涌现你们的泪水。为什么事情总是这样？每当欢乐向你们招手时，痛苦便充满你们的全身。你手中捧着的奖杯难道不是陶瓷匠烧制的吗？威胁你生命的棍棒难道不是用刀砍断的吗？’好在菲露兹夫人没有演唱这一段。幸福并不是可笑的事情，各种各样的观点：幸福是信念，幸福是向往，幸福是追求，幸福是奋斗，幸福是怀疑，幸福是勇敢，幸福是知识，幸福是掩饰……所有这些惊天动地的表述，其实都是美国人发明创造出来用于稳定社会、振兴经济的手段。他们的愿望终于实现了，汽车制造商、作家、出版商、老师、教练等许多人都为此发财了。其实，道理非常简单，如果美国人每天都是忧心如焚的话，那么，他们的经济就没有办法发展了。”

“信仰是目标，为了实现一个目标，远古的国王虽然不写字，也不读书，但是，他有一大批贤人、才子、作家、诗人、思想家、哲学家为他服务。他整天考虑的是如何用一种信仰来统一全国人民，为此，他组成上千个委员会，由各种各样的忠实于他的人组成。但是，随着时间的推移，不同派别的人逐渐形成不同的信仰集体，并且逐渐分裂成为各种各样的民族。对于不同的民族及其信仰，我主张应该相互容忍、和平共处，没有必要混合、统一。我不相信共济主义者及其原则，如果说他们的原则是正确的，那么他们为什么不宣布合作同谋？为什么在暗地里动用宗教礼仪、头衔，甚至匕首？我不相信任何秘密原则。”

“在法拉威时代，没有什么值得一提的报纸。至于现在，报纸早已成为研究麻烦事的职业，麻烦事导致紧张，紧张导致热衷。报纸是第四权力机构，第四权力机构的人则强烈地希望能够上升到第三权力机构，而忌妒又会导致紧张，紧张继续导致热衷。记者时刻观察着各种各样的新闻，政治家、演员、商人等公众人物的言行举止、劣行败迹都是他们梦寐以求追逐的对象。如果一时找不到这些人的劣行败迹，他们就会感觉到异常的空虚和为难。我认识一些并不猎奇的记者，我非常客观地谈到他们的职业特点，他们并不以为然。我观察到几乎所有人都是热衷于这样或者那样的事情，所有人都热衷于吃饭、喝水、空气；如果他们有条件的话，他们便会热衷于奢侈和消耗；大部分人都热衷于茶叶和咖啡，毫无疑问，他们中间的不少人会神经紧张，有些人会吸咖啡因。”

“笑，是人们的天性。但是，我并不认为一个人能够自己笑起来，总是因为有别人的原因，否则，他就是个极端主义者。如果随便去问一个人：‘先生，你是否自己笑话自己？’如果他打你，或者吐痰到你的脸上，或者恶毒地瞪你，那么他就可能是一个极端主义者。如果他说：‘是的。’那么他可能就不是一个极端主义者。许多自称为极端主义者的人，表面上对别人显得很宽容，是由于他们的政治需要，是他们的机会主义的表现。”

“总之，我对于幸福的理解可以总结为两点：第一，幸福意味着甜蜜的不可抗拒力以及不能扭转的愿望的诱惑力。你可以把它理解为古代思想家的观点。第二，是近两个世纪的思想家的正相反的观点，把幸福视为追逐的目标，但不是单纯的一种目标，而是一种表现形式，多半是一种折中的形式，不同于想象，也有别于恐怖。说实在的，我在追求幸福时，更多的是追求民族利益，而不仅仅是个人的目的。我决心使用科学方法去努力实现阿拉伯的复兴、摧毁以色列。我认为最好的办法是依靠思想库找到科学的答案。于是，我建立起思想库。首先，研究怎样才能振兴阿拉伯民族；其次，研究怎样才能摧毁以色列。建立这个思想库需要一点儿时间，必须要精心挑选一些卓有成效的、具有独特见解的人，当然是阿拉伯人。我规定每一个中心用一年的时间来准备报告。然后，我作为访问学者到伦敦学院进修东方学、非洲学。”

“您是不是在那里认识了阿富拉·撒马里？”

“我不愿意谈阿富拉·撒马里。”

“为什么？”

“没有什么。”

“您是不是感到良心受到谴责？”

“我没有感到良心受到谴责。”

“那您到底怎么了？”

“没有什么。我这个人一回忆起过去，就眼泪汪汪的。我并不是指那种父母对于祖父母的普通的感受，而是一种觉悟了的感受。这种感受不是那种害怕、怀疑、内疚的感受。诗人巴兰斯说：‘回忆是年轮的回音。’你可以认为这是诗人的浪漫，实际上，世界在不断地变化中，而这些变化只有在突然的访问中才能够领悟到。”

“诗人艾布·哈什德很少写爱情诗，因为他并不迷恋女人，他只是迷恋自己。他在写这些诗歌时并不感到幸福，他总是生活在对于过去的回忆中，他有时竟然与他心目中的情人对话，这种特殊的恋情往往出现在晚上。这时他就显得十分冲动，竟然能够写出来一些好的作品：‘幻想经常问他，那种奇妙的感觉是不是经常光顾你？是不是因为你是一个病人而来探视你？或者是由于你的苦闷、孤独而来慰藉你？贫穷是可爱的，勇敢也是可爱的，你能够在任何时候安睡，而不受任何变化、琐事困扰。你睡着了，尽管你的爱人远在天边，犹如近在眼前。你只是闭上眼睛小憩一会儿，思绪却在天上漫无边际地翱翔，有时好像听到了你的胸脯碰到你心中爱人那高耸的乳房。你要感谢幻想，它给了你美好的感受。你心中的爱人吻你、拥抱你，但是你不能够把自己在梦幻中的经历详细地告诉给自己的爱人，因为那样的话，她会笑话你，尽管她喜欢听。你所爱的人都是梦幻中的情人，你的哲学、理论也许会使人们以为这个世界上的一切都是虚无缥缈的幻想，而现实中的一切却是冷漠无情的。你怀疑一切，认为那些女人的姓氏都是她们父亲的姓氏，而她们父亲的姓氏又是观音祖母的姓氏。你反复强调‘你的命运是你的梦幻中的想象’。其实，应该说事实就是事实，梦幻就是梦幻。我们生活的世界是真实的，真实与梦幻之间的差别是非常巨大的，你怀中拥抱的女人与你幻想中的女人之间的差别是非常巨大的。你经常写信给你心目中的爱人，有血有肉的信笺，你好像面对的是一个有着柔软的肩膀、纤长的双手、高耸的乳房、苗条的身材、明亮的眼睛的女人，把她当作性爱的对象。你相信人们所说的在口头上都是否定性爱，而在实际上都是希望性爱，多么平常的举动，多么沉重的话题！口头与实际之间的差距有多么大！”

“你躺在床上，头枕在枕头上，含着微笑，幻想着美好的一切。‘起床吧，懒鬼！’她推你，你发现自己掉到了地上，大笑不已，笑得前仰后合。她写过好多信，谈到她对于易卜拉欣的看法，说她为他那些罗曼蒂克的诗歌而感动。整个白天充满了诗歌和争吵、女人和浪漫。”

“不少有身份的批评家认为，在长达三分之一世纪的时间里，美国著名主持人卢茜根本就不存在。一个浪漫主义诗人到德国进行长期集中的访问，意外地发现所有朗读诗歌的人都是喜爱卢茜的人，但是，他依然坚持认为卢茜是人们臆造的一个形象，她同样也没有见过任何人，而诗人们却狂热地追逐她。任何人都可以坚持崇拜一个人，但是，时间是最好的见证人，一切都会真相大白。没有必要去扩大、宣扬、吹捧，大部分的事实都能够搞清楚的。”

“诗人与他的姐妹之间也许会产生一种特殊的精神理解，或许会在他的一生中留下深刻的、难以磨灭的印记——珍贵的印记。此类事情在西方发生的并不多，即使是在浪漫主义风行的时期。没有一个人说这个时期诗人与他的姐妹之间的关系，如同骑士与他的姐妹之间的关系。”

“那个懒汉起床后，看到她在煮咖啡，口中念叨着浪漫主义诗歌。这一天真是奇怪，一个阿拉伯姑娘在用英国浪漫主义诗歌歌颂一个阿拉伯男人：‘他喜欢坐在那里听我唱，他笑着、戏弄我，跟我玩耍，打开我的胸衣，嘲笑我失去了童贞……’巴利克是浪漫主义大诗人，是英国北部沿海地区著名的诗人。英国北部沿海地区是世界上最美丽的地区之一，也许正是因为这样，那里产生了许多浪漫主义诗人。巨大的吸引力使得诗人们竞相歌颂太阳、月亮、金钱、名誉、地位。诗人云集于此，因此，这个沿海地区便被称为‘诗人海湾’。于是，一批阿拉伯诗人也就被称为二十世纪的浪漫主义诗人，遗憾的是在阿拉伯半岛还没有一个地区能够成为浪漫主义的地区。只是不能称为浪漫主义诗人的艾布·哈什德曾经在他的诗歌中形容过塔巴海湾，倒算是一个浪漫主义的‘海湾’，‘如果没有你，我就要离开这个海湾，天是那样的美丽，水是那样的清澈，浪花是那样的雪白，波涛是那样的汹涌，海鸟穿越云彩，骏马飞奔沙滩……’”

“在艾布·哈什德之前还没有阿拉伯诗人如此形容大海的。他应该满足了，但是，他并不就此罢手，他的作品的内容不断地延伸，从温柔、小巧的依人小鸟到庞大、飞奔的高头大马，转而又描写国际象棋棋盘上面的两军对垒、激烈拼杀。到此，人们很难想象这是浪漫主义诗人的作品了，但是，这恰恰就是艾布·哈什德的杰作。设想一下，假如艾布·哈什德真的远渡大西洋，看到波涛汹涌的大海，他将会怎样来描写那真实的海洋呢？他只是想象着那一切，但是，仅此而已就使得我激动不已。他的诗歌源于想象的大西洋，他热爱他的海洋。大部分阿拉伯的现代诗人非常看重他的作品，有些人只是原则上看重他的作品，有些人则担心陷入他的写作方式中。”

“阿拉伯的浪漫主义诗人基本上都没有看到过大西洋，没有受到大西洋灵感的启迪，他们只是在被翻译成法语、英语、德语的一些文字中寻找灵感而已。在所有翻译的人中，有相当的一部分人是黎巴嫩的医生！卢茜计算过有二十八首关于大海的阿拉伯翻译诗歌。其中，最为突出的是阿里·马哈茂德·塔哈工程师。其实他不是真正的工程师，他是工业学院的毕业生，充其量是一个制作者，他自己称自己为工程师而已。后来，他又称自己为旅行家，所以又被称为工程师旅行家。这种组合实在是太离奇了。难道你不感到奇怪吗？一个伟大的诗人喜欢被人们称为工程师旅行家。如果有人告诉你，诗人是那样的一群正常人，那么，他是在欺骗你，而你却感到心安理得。阿里·马哈茂德·塔哈工程师、诗人、旅行家游览过几乎所有的欧洲江湖大海，并且迷恋于此。他编写了一些动人的诗歌，完全靠自己的意念，它们倒不是翻译作品。浪漫主义作品好像只是包括对于江湖大海、秋天、灾难、自然、孤独、逃难、性无能、在皎洁月光下头枕在女人乳房上小憩、在情人的墓前沉思默想等的描写，表达他们对于人生的感想，控诉社会对他们的不公平，爱情的不幸遭遇……”

“‘今天怒放的鲜花，明天就要凋谢；我们珍惜那美好的时光，它却瞬间飞逝而去，在这个世界上哪里有永恒的欢乐？光明嘲笑黑暗，时光瞬间而逝，人生苦短……’这个浪漫主义诗人并不是海洋派诗人，他是瞬间而逝的人，三十岁就淹死了，不是在大西洋，而是在英国的撒比兹亚湾。他在那里和卢拉德·比卢写浪漫主义的诗歌，卢拉德·比卢是个专门奉承女人的花花公子，一个腿脚不利索的跛子。他的跛脚竟然那么厉害，只是倾向于女人、迷恋于性关系。当然，这只是一些传说，不一定是正确的。卢拉德·比卢不仅是个浪漫主义诗人，而且是个极具煽动性的人，他还极力鼓动当时的激情者，他与他的妹妹欧杰斯塔关系暧昧。他形容阿富朗：‘她在月光下面，显得那么美丽，犹如天上的繁星，越是在黑暗里越是明亮，她是群星中最明亮的一颗，所有的星星都围绕着她，无论是在黑夜里，还是在白天，她的眼睛都是那么美丽……’”

“你在欣赏诗歌时，肯定会有各种各样的感受，欣赏是一种印象行为，你读诗歌时也许会感到心旷神怡，也许会感到痛不欲生，或者感到恶心、倒胃口。如果我的突尼斯朋友对你说，他将要使你感到震动，你不要害怕，不要担心会受到伤害。如果你是一个批评家，你坐在那里欣赏、记录、收集、感动，或者恶心、呕吐，或者震动，读者对批评家的文化层次感到吃惊，惊讶他怎么能够将那些单词汇集成为句子，怎么能够把那么多的含义融入诗歌之中！我并不讨厌批评家，可是，艾布·哈什德却把他们比作驴，而我把他们当作理发匠。批评家和理发匠是由爱心联系在一起的。”

“伦敦是个奇特而美丽的城市，同时，又是一个丑陋的城市，一个温顺的城市，它还是一个严厉的城市、文明的城市、原始的城市、典型的城市、友好的城市、充满敌意的城市、机会主义的城市、勇敢的城市、剽窃的城市、信仰的城市、渎神的城市。总之，是一个充满了矛盾的城市。这里居民的意见也迥然不同，有的十分热爱它，有的则非常讨厌它。浪漫主义诗人巴利克说道：‘我在那里的大街小巷行走，看到所有人的脸上都显现出紧张、贫苦的表情，每个人都想呐喊，可是，每个人都不想惊动孩子，每一个声音、每一个呐喊都被禁锢着，都被加上了人为的镣铐。机车或者轮船的烟囱在冒着黑烟，有节奏地呻吟着，震动着所有的教堂。衣着传统的士兵井然有序地巡逻。然而，我在半夜里只能听到年轻的妓女的咒骂声，这种尖厉的咒骂声能吓得孩子哭喊起来。’”

“这是伦敦真实的一面。年轻的妓女，流浪街头的妓女。不过，这也是伦敦的一个侧面，而不是全部。事实上要比诗歌所描述的复杂得多，诗歌往往是对于现实的点缀和美化。正如穷人所看到的一切，并不是富人所能够看到的，大款所看到的并不都是一般的富人所能够看到的。伦敦是马克思居住的伦敦，是马克思写作《资本论》的地方，也是他的墓地。”

“伦敦曾经是罗马帝国的殖民地。海湾的阿拉伯人在那里能够看到他们的良种马，是专门用于比赛的，斗士们能够在那里看到没有人看管的空地，任何人在那里都可以出版、发行任何出版物而不用担心得不到任何人的批准，恐怕没有一个国家的首都能够宽宏大量到如此程度，在第一世界没有，在第十世界也没有。甚至于在花花首都巴黎也有一些民主障碍，甚至于在竞争首都华盛顿也有各种各样的法律、规定。英国的自由在许多人看来是引起骚乱的根源，什么事情都是相对而言的，被批评者的怨言体现了批评者的自由。在伦敦，每一个犄角旮旯和深渊山涧都有移民报纸，英国的新闻工作者是由不同的民族人士组成的，思想家是由各种各样的宗教人士组成的，占领者们来自各种部队，商人们来自各个部落，避难者来自各个国家。所有这些各种各样的人共同居住在同一个城市，吃着伦敦的面包，骂着他们赖以生存的伦敦。”

“阿拉伯人集结在报告人那里，如同老鹰聚集在腐尸上面。老鹰是残忍的，它们见到腐尸就一扫而光，这种丑陋而残忍的猛禽不像兀鹫，兀鹫是一种美丽的雄鹰，有些国家把它作为象征。可是，阿拉伯的新闻工作者并不知道它们的区别，他们大谈老鹰，却把兀鹫当成了老鹰。甚至于不少阿拉伯的作家、诗人混淆了这两种鸟类的区别。大诗人欧麦尔·艾布·利什写了一首关于老鹰的美丽的诗歌，但是，实际上说的是兀鹫。我担心如果纠正他，他就会生气。他是我的一个最好的朋友，只是为人十分敏感，特别是对批评。同时，他也是一个风趣、幽默的人，谈吐自如的人。他编造的一些惊心动魄的故事，完全是他的想象、臆造。比如，他写过喜马拉雅山的公主半夜在喜马拉雅山麓追求他，他对她说：‘太冷了，你会受不了的，你回去吧，我也要走了，不再回来。’你不要说在喜马拉雅山麓没有什么公主，诗歌中的想象力是无穷无尽的，而且，威力无穷。比如，他曾经说过，叙利亚所有的政变都是由于他的诗歌的缘故；比如，他曾经称他给印度前总理尼赫鲁专门上关于印度哲学的课等。他的诗歌充满了诙谐幽默，对任何人都没有什么伤害。没有什么人相信他的故事，就连他自己也一样。”

“诗人们习惯于编造一些许多人爱看爱听的情节，比如，他们与以色列人进行了针锋相对的斗争、激烈的辩论，当然他们取得了胜利。争论相当尖锐，甚至导致大打出手。阿拉伯人经常感到欢欣鼓舞，因为他们用舌头或者牙齿战胜了敌人，巴勒斯坦是阿拉伯民族的新娘。来到伦敦的阿拉伯人滔滔不绝地谈论埃菲尔铁塔，其实，人们谈论埃菲尔铁塔已经不下一百万次了。”

“我到法国听过三次讲演。第一次，有一个黑人移民讲演，口吐秽语：‘妓女的孩子们！’”

“听众回答：‘狗崽子！’”

“他说：‘你们的女儿都失贞了。’”

“听众回答：‘你们的狗崽子都丢失了！’”

“‘你们都是浑蛋！’”

“‘你是个狗东西！’”

“一个外国人在人家的地方可以随便骂人，如果一个讲演者在阿拉伯国家的首都能够与听众如此对话吗？第二个讲演者是个有趣的爱尔兰老人，专门研究欧洲历史的专家。我听过他一次讲演，留下很深刻的印象。他肯定地说，欧洲在中世纪被巫神烧毁的次数比被德国纳粹烧毁的次数多。他声称，在教廷内阁阁员中的性关系之兴盛是空前绝后的。第三个讲演者是个印度次大陆人，只有两个人听他的讲演，一个是我，一个是一位听不到声音的英国老人。讲演者谈关于通过手势、耳语发展意志力的问题。他讲了半天，不仅那个英国老人不明白，连我也不明白，甚至讲演者自己也不明白。就这样，他讲了两个小时。”

“许多人谈论过伦敦，有的通过诗歌，有的通过散文，作家和诗人都是人，人类在观察一件事情时，有的用喜悦的目光，有的用恐怖的目光，有的用愤怒的目光，有的用渴望的目光，有的用优越的目光，得出的结论也不一样。赌徒只是看到伦敦是一个赌城，性变态者认为伦敦是一个妓女云集的地方，奸淫者认为伦敦是地球上通奸者最理想的地方。相反，追求知识的人认为伦敦有世界上最好的博物馆、图书馆，学者在那里找到了罕见的、稀有的东西，热爱戏剧的人说伦敦是一个大剧院，对于夫人们来说，无论她们的肤色如何，不论她们的年龄多大，不管她们的体重多少，她们都一致认为伦敦是个巨大的商场。一个社会主义者诗人谈到伦敦时说，他只是看到了‘被烟雾笼罩着的六个省份，到处是烟雾弥漫，一个丑陋的国家’。一个西方诗人说伦敦‘是一个多么美丽的城市、著名的城市，所有的街道都布满了金子，所有的姑娘都是那么美丽’。星期天，伦敦的星期天是最好不过的日子了，如果你和你所爱的人星期天在伦敦度过的话，那将是再好不过的日子了。公开发行的报纸上有所有的消息、故事、案件。早饭很晚，带油的英国牛奶，新鲜的英国鸡蛋，香香的英国奶酪，在雨中漫步，在雨中跳舞，坐在红色公交车的上层观看层层叠叠的各式各样的楼房，在电影院里欣赏《音乐之声》《环游世界八十天》，到欧洲唯一的湖中荡舟。”

“伦敦的星期天是一个巨大的跳动着的心脏、情人们的摇篮，在雨中或者阳光下热烈接吻，所有的奥斯卡电影在那里应有尽有，情人们在缱绻私语：‘昨天的电影是不是很动人？’‘所有的电影你都喜欢吗？’‘昨天的电影我们已经看了五遍了。’‘每一遍我都有很多感受。’”

“‘我发现你每天都在变化。’‘多么罗曼蒂克！’‘就像海湾派诗人？’‘比他们还要糟糕。’‘让我们在这里用心来描述吧。’‘你描述吧。’‘我不知道如何去描述，还是你描述吧。’‘这是你的心吗？’‘是的。’‘这是大苹果。’‘我的心是大苹果。你写上你的名字吧。’‘我要用我的亲吻来写。’如果你独自一个人在伦敦，那么，你千万别在星期天上街，因为那将是你最痛苦的时光。你如果想玩儿这一切，那你根本办不到。因为那样什么都会消失，在雨中漫步，你只能看到到处是狗和猫。正如托马斯所说：‘伦敦的星期天如果下雨的话，到处都是让人厌恶的东西。’他曾经吸食鸦片，就是因为他写了一本关于他吸食鸦片的书而声名鹊起。他是在电影院里避雨的，那是什么样的电影，一对双胞胎在贫困中自杀了。影片揭露了人世间的悲苦、沧桑、不幸：一个耄耋老人艰难地走着，口中喋喋不休地和她的狗说话，狗是她唯一的亲戚；醉汉坐在凳子上用动情的目光看着她，期望着她能够再给他一杯酒；欢声笑语在哪里？踢足球的孩子们到哪里去了？卖冰激凌的小贩在哪里？难道冰激凌在雨中化掉了吗？像大苹果的胸脯在哪里？”

“我不需要性感的诗歌，我需要伤感的诗歌。也许会有一个英国人用诗歌来赞美伦敦：‘伦敦，你是所有的城市之花、欢乐之都、快乐天园。’如果这能够说明什么问题的话，那么，它就说明了情人眼中出西施的道理。我从小就习惯于用‘如果这能够说明什么问题的话，那么，它就说明了……’这样的句子：‘如果你的到来能够说明什么的话，那么，它就说明了你是个有身份的人。’‘如果你的身份能够说明什么的话，那么，它就说明了你是受欢迎的人’。现在，我好久没有使用这样的表达方式了，如果这个能够说明什么的话，那么，它就说明了这种表达方式在逐渐地消失。但是，这是个值得怀疑的事情，如果把这个表达方式比作高血压的话，那么，高血压是不容易消失的。你也可以说，高血压根本消失不了。”

“伦敦是个各取所需的城市，如果伦敦使得一个人疲倦了，那么，就说明他对生活疲倦了。在伦敦，生活能够给你一切。伦敦给我留下了太多的回忆，它使我更加热爱自己的祖国，只有丧失记忆的人才不热爱祖国，回忆能够使一个人永远记着自己的祖国。热爱祖国是一个人最起码的良知。伊本·卢米是个精力旺盛的诗人，如果说他的诗歌不能证明精力旺盛的话，那么，他就是一个倒霉诗人。希·阿拔斯·马哈茂德与不幸对着干，于是他写了一本关于伊本·卢米的书。说在阿拉伯语中还没有像这样的语言，有些人说这是使用心理分析法写出来的第一本阿拉伯书。我认识阿达·撒曼，但是，我知道他的作品有个危险的习惯，那就是经常汇集温情的书信。他写过关于我的小说《妖怪之夜》。”

“西方人认为猫头鹰是一种文雅的鸟类、英明的鸟类，我没有听过关于猫头鹰的诗句。猫头鹰在我们那里是一个相当敏感的鸟，我并不知道为什么它要叫这个名字，也许是由于它只是在夜晚出现吧，也许是因为它的叫声吧，或许是由于它被认为是高尚的或者正相反。可以肯定的是，伊本·卢米不是个英明的人，他是个行踪不定的人，总是飞来飞去。当他经过一个独眼人或者跛脚人身边时，或者被卖淫人吸引时，他就会被这些人征服。当他们敲门时，诗人便问：‘谁在敲门？’”

“这些人就会说：‘可怜可怜我吧，我是一个病人。’或者‘我是一个无家可归的人。’于是，诗人就慷慨大方地让这些素不相识的人在他家里住下来，有时几个星期，有时几个月，直至美国总统不得不派遣隐形飞机带着美国人民的问候，向他的住宅投放食品。同时，伊本·卢米又是个长舌头的人，他的多言多语最终害了自己。他不仅慷慨大方，而且吃东西狼吞虎咽，从来也不问清楚食物的来龙去脉。”

“我在伦敦最值得回忆的是和阿芙拉相处的日子，她用最美好的歌曲缩短了我们之间的距离。我们之间暴风骤雨般的关系持续了一年多，我们之间的关系你不明白，只有时间懂得、理解它。阿芙拉是个罕见的女人，我不是在美化她、赞美她，只是在形容她而已。她非常美丽、非常聪明、非常富有。但是，这些还不能说明她的罕见。罕见是她的特点，她具有非常奇怪的特点，充满了矛盾，时而风平浪静，时而暴风骤雨，她令人感到扑朔迷离。而我和苏宰的关系则是轻松愉快的，我与法拉哈之间的关系是从容不迫的。而我和阿芙拉之间的关系却是充满了激情。我们相处的日子里到处是地雷和炸弹，而且处于一触即发的状态。房间里到处是荆棘和钢筋水泥。我们之间的关系充满了火药味，时刻都有爆发、燃烧的可能，我们一天也没有过过平安无事的日子。吵闹几乎成了家常便饭。由于我已经对此习以为常，所以，我知道在她暴跳如雷时，我就立刻离开她，眼不见为净！我是怎样认识她、爱上她的呢？我也不知道。其实我们没有如同在加利福尼亚认识苏宰那样具有历史意义的事件作为导火线，也没有值得纪念的留下深刻爱情记忆的日子。”

“我曾经是伦敦东方学、非洲学的访问学者，在那里待了一年，进行一些研究，听一些讲座，实际上是在这个富裕的世界里‘度假’。她当时在学院里攻读博士学位，我是在图书馆里第一次见到她的。我在图书馆里待了好长时间，她待得更长。我们非常礼貌地互致问候，简单而文雅地交谈，后来，我们的谈话涉及了文学，然后我邀请她到印度饭店共进晚餐。我们的关系进一步了，并且很快如火如荼地发展起来，接着，便引起了火山爆发、地动山摇。原因是很简单的，但是回答却是困难的。所有这些‘自然灾害’都是由于我们的关系从友谊变成爱情而引起的。她是阿拉伯人，她的反叛性格与她成长的过程和环境有关。她对于她成长的那个社会所有传统都表示不满，她要取消一切传统，特别是权利，父亲的权利、哥哥的权利、丈夫的权利、所有的男人的权利。我怀疑我说取消男人的权利时，心里是苦涩的。她爱我，但是却讨厌爱我；她想念我，却厌恶想念我。她对我撒娇，却又非常鄙视自己对我撒娇。她认为她作为一个叛逆者、革命者、解放者，陷入普通人那种缠绵的爱情中是一种平庸、软弱、庸俗的表现，这是她绝对不能容忍的。她的思维、理念、认识超过了某些西方人。‘你们处于茫茫沙漠之中，却拥有无限的水源。’‘我希望你能够把我当作绝对的自由人。’‘谁告诉你是领导者？’‘你为什么要求我这样、那样？’‘我不是你的母亲。’‘我不是你从商场买回来的东西！’‘去你的爱吧！’你想想吧，你如果处于我的位置，你会怎么办，你能拿她怎么着，与这种人和平相处是不是非常困难？

问题是‘女人永远是脆弱的’。男人永远不能容忍这样的生活，于是，矛盾发生了。男人向往温柔，而女人不能给你温柔，那是一种多么痛苦的生活！当反叛的女人盛气凌人时，你怎么能够让她变成温柔的人？怎么能够要求她对你说：‘让我给你洗脚吧。’‘亲爱的，你想吃点儿什么？’‘你病了，把你的头放在我的胸脯上吧，就在这里睡觉吧。’‘你是我的主人，你是我的一切！’‘你真是个了不起的人，你爱抚一下我这个情人吧。’”

“可是，在我和她之间却没有这一切，相反，只有怒吼、生气、埋怨、打骂、叹气。她经常说：‘我不与父亲对立了，以免自己落入另外一个男人的屠刀下。’‘你为什么不回到你的沙漠中去？’‘如果我不喜欢你了，那你就到火狱去吧，或者回到你母亲那里去吧。’‘哎呀，你这个自私自利的人！’听吧，这些就是一个正在进修博士学位的人的语言！”

“你也可以说，你不是很爱她吗？是的，我爱她，但是，讨厌自己爱她，我在一个星期里至少有一次宣布与她断绝恋爱关系，可是往往在宣布以后不到一个小时，就又和她说话了。她在一个星期里至少有两次怒发冲冠地宣布与我断绝恋爱关系，可是往往在宣布以后不到半个小时，就又和我说话了。我那时住在离学院不远的一个简陋宿舍里，而她住在富人区的一个豪华房子里。她的家庭是十分富裕的，她有豪华汽车，花钱如流水。我们的关系破裂后，我回到自己简陋的小屋里，不久，她来了，极力和颜悦色地和我说话，和我住在一起。可是，好景不长，她又犯老毛病了，怒发冲冠、暴跳如雷，她回到她的住处，我就去看她，极力和颜悦色地和她说话，和她住在一起。可是，好景不长，她又犯老毛病了，怒发冲冠、暴跳如雷……如此，周而复始。生活真是奇怪极了，生活是那么劳苦，这两夜在这里，那两夜在那里，反正我始终感到非常的孤独。但是，尽管如此，我们还是有一个共同点，那就是我们都厌恶以色列。她相信以色列始终都是阿拉伯人的敌人，在阿拉伯世界处于落后的境地，她坚信消灭以色列是任何政治、社会或者文化解放的第一步。我对以色列的仇恨也燃起了她对以色列的怒火。”

“海湾阿拉伯人在称呼妻子时，就称‘家属’，这好像是对妻子的尊称。好像直截了当地称‘妻子’就是对她的大不恭。”

“英国的巴拉克布尔是个大众旅游城市，你如果有时间的话，应该陪同你的‘家属’去游览一番。原来那里是一个黑色的水湾。后来，威廉·哈图到那里去过。这位值得尊敬的作家的作品涉及面很广，包括在十九世纪还不是很发达的科学问题，他甚至想到利用海水的问题，于是，人们就认为他涉及了科学问题。后来，这个小村庄变成为一个引人注目的旅游中心，那里的水塔成为埃菲尔铁塔的雏形。它吸引了越来越多的情人云集那里，人们在那里建起许多城市咖啡馆、娱乐厅。再后来，它吸引了越来越多的海湾阿拉伯人偕同他们的‘家属’到那里游玩，一些东方舞蹈家也在那里找到了施展才华的场地。如果这一切能够说明什么的话，那就是说明了一种不健康的或者病态的或者贫穷的状态的改变。这些情况一般人是注意不到的，只有那些在附近城市里工作或者学习的人才能注意到。一个黑色的水湾变化如此之大，足以引起人们的想象，黑色的水湾，可怕的水湾，恶劣的水湾，引诱的水湾。如果一个人在黑色的水湾里游泳，他会怎么办？喝那里的水？或者呕吐？或者撒尿？或者……”

“我和阿芙拉的关系破灭了，首先是她感到厌倦了，很快对我产生敌意。也许是双方同时产生了敌意，我们疏远了对方。可是，人生真的是一个奇特的舞台，当我看到她和一个男同学聊天时，那天晚上我肯定睡不好觉。如果她晚一刻钟看见我，她就怀疑我是和另外一个女生接触了。尽管我们的关系破灭了，但是，藕断丝连，好像可以恢复。忌妒总是在纠缠着我们，反而使我们之间的关系变得更加错综复杂，更加尖锐、不安、猛烈。这时，我的脑海中出现了一个奇特的想法，就是雇用一个私人侦探日夜监视她的行动。两个月后，一份全面的报告展现在我的面前，多么全面的报告，她的一举一动、一言一行都被记录在案。白纸黑字，铁证如山。不仅如此，报告中还附加了一些照片，清楚地表明她在与我断绝关系期间和一个男人经常接触！至少一周一次。而最令人震惊的是，那个男人竟然是以色列的间谍！”

“我带着这些照片和报告到佛罗里达，在那里待了两个月，这期间，我把那些照片寄给她。后来我又回到伦敦，发现阿芙拉已经自杀身亡！”

“她是在自己的房子里，打开煤气罐自杀的。”

“你是怎么知道的？”

“从警察局的报告中得知的。”

“你怎么得到的？”

“通过私人关系。我昏了过去，醒过来以后，发现自己已经在巴拉克富勒诊疗所里了，在撒伯鲁台尔大夫的严密监视之下。我曾经想去卧轨自杀，也尝试过绝食，但是，我想到那个以色列间谍在暴露了自己的身份以后自杀时，我坚定了活下去的决心。”

“可是，我仍然面临着一系列的考验。撒伯鲁台尔大夫的严密监视、反复的询问，使得我痛不欲生。那时已经不使用电疗了，但是，却使用比电疗更加厉害、更加苦涩的疗法——草药。这种疗法曾经在六七十年代十分盛行，而现在已经不使用了。倒霉的是，我进入巴拉克富勒诊疗所里时，正是大张旗鼓地使用草药疗法做试验的时候！撒伯鲁台尔大夫一边给我灌草药汤，一边喃喃自语：‘现在，你的行为将要回到你在娘肚子里的情况，告诉我你知道的一切，把你的感受全部告诉我！’撒伯鲁台尔大夫的话消失了，噩梦开始了。我感觉我自己仿佛陷入一个黏糊糊的玻璃球里面，气味非常难闻，到处是黑黢黢的。我想说点儿什么，却无能为力；我想出去，却动弹不得。我感觉自己好像被冻僵了，被一条大鲨鱼吞噬着。不知道什么时候，我面前出现了撒伯鲁台尔大夫那张永远微笑的大脸。只听他问：‘你什么时候开始这样的试验？’”

“我说：‘非常可怕的试验呀，大夫！’”

“‘啊，怎么会有这样的想法呢？你是什么时候开始有这样的想法？是不是从你在娘肚子里的时候就开始了？’”

“‘我绝对不是从娘肚子里时候就开始的，自从你们给我灌草药以后，我就感觉自己好像陷入一个黏糊糊的玻璃球里面，然后滚入大海。’”

“‘啊，这显然是一个胎儿在娘肚子里的感觉，你的意识已经回到胎儿时代了。’”

“‘尊敬的撒伯鲁台尔大夫，难道我感觉自己好像被冻僵了，被一条大鲨鱼吞噬着，这也是一个胎儿在娘肚子里的感觉？’”

“‘啊，这正是你现实生活与胎儿感觉混淆的写照。’”

“‘希望再别进行这样的所谓试验了，我害怕得要死。’”

“‘啊，万事开头难，刚刚开始难免产生恐怖的感觉。不过，什么事情只要习惯了，就没有什么事了。’”

“‘我并不希望回到胎儿时代。决不！决不！’”

“‘好吧，不回到胎儿时代，下一步回到儿童时代。’”

“‘但是，为什么？’”

“‘你必须进一步做试验，以便我们能够确切地了解你的那些意识是从什么地方来的。’”

“‘什么那些意识？’”

“‘就是什么动机促使你要自杀。’”

“‘可是，我根本没有想到自杀啊。’”

“‘那么，你为什么要去卧轨自杀？’”

“‘那是一件偶然发生的事情，我头晕目眩，倒在那里，正好有一列火车经过。’”

“‘什么事情都是事出有因，我们就不要再玩那一套把戏了！’”

“‘什么把戏？’”

“‘否定的把戏，这样吧，下一步还是回到你的婴儿时代吧。’”

“‘安拉啊，这个世界上哪里还有真理？’”

“实际上，我并没有回到什么婴儿时代，没有看到乳房，没有吸奶嘴。只是感到自己好像被用一种丝绸般纤细的头发丝吊在一个悬崖峭壁下，时刻都有掉下去的感觉，寒冷的暴风骤雨袭击着我的周身，各式各样的妖魔鬼怪在我的周围晃荡，露出来可怕的牙齿。这时，我看到有一个庞大的飞行物闪烁着熠熠光芒向我靠近，我想喊叫，却无能为力。丝绸般纤细的头发丝快要断裂了，脚下是一个满是蛇蝎的洞穴！我情不自禁地大声喊叫起来：‘撒伯鲁台尔大夫，我没有看到乳房，我看到可怕的噩梦情景！’”

“‘啊，噩梦是一切秘密的源泉，它包容了一切。至于害怕，那是你的真实感受，你是个婴儿，当然担心你的母亲会离开你。’”

“‘撒伯鲁台尔大夫，我求求你别再折腾我了，我们不要谈什么对于父亲的忌妒、对于母亲的向往、对于兄弟之间的竞争好不好？’”

“‘为什么不？这些正是一个孩子正常的意识啊。’”

“‘去你的吧！什么一个孩子正常的意识！赶快结束吧！’”

“‘但是，不了解昨天，就不能了解今天。’”

“‘我不想了解今天。’”

“‘你是不是还想自杀，直到成功？’”

“‘问题是我根本就没想什么自杀！’”

“‘我不想和你玩这些无意义的把戏！’”

“就这样，从胎儿到婴儿、从婴儿到少年、从少年到青年，从青年到性感觉，中间不知道挨了多少针！每打一次针，我就感到痛不欲生，弄得我死去活来。‘我知道这是一场梦，但是，我感觉此时此刻的疼痛要比实际上的疼痛还要剧烈。难道我就这样死在他的蹂躏之下？难道没有一个人能够拯救我？难道没有一个人能够听到我撕心裂肺的喊叫而将我拯救出去吗？’诗人库勒利达季的话，正是我那时的真实写照。”

“你知道这个世界是在实际与梦境中呈现的一种奇特的存在，理智与疯狂并存。你知道泉眼怎样变成坟墓、人类在天上飞翔、装甲车变成房屋那么大、彩虹上了衣服、你的父亲骑在马上、拿破仑用喷香水的手枪向你射击、冰天雪地里飞奔的火车、吸血鬼女人搂抱着你的脖子、小女孩和你做爱、你的耳朵里面长出来大树、灰色的音乐、蓝色的雨、修女骑着跛脚毛驴、玛丽莲·梦露、你的母亲把刀子插进你的喉咙中、你的医生在你的脖子上套绞索、毒蛇在你的胃里、你的心脏变成了花生，蛀虫在拼命地吞噬……这些瞬息万变的景象在你的脑海中闪现着。”

“经过这些幻景，我开始欣赏毕加索的作品了。毕加索是一个共产主义的世界性艺术家。他的作品对于许多人来说是比较费解的，作品主要分为三个阶段：绿色、玫瑰色和立方体阶段，特点是组合形状。脸面仅仅是臼齿，光线是相貌，颜色是组合的，腿占据了敏感部位。我不知道毕加索在作画之前是不是服用了草药，或者他的天赋当中就包括了草药的成分？我在终于脱离了巴拉克富勒诊疗所的苦海以后，成了毕加索最狂热的崇拜者。”

“我在诊疗所喝那种苦草药长达四个月之久，以至于撒伯鲁台尔大夫相信一周两次给我灌的草药基本上使我恢复了理智。但是，撒伯鲁台尔大夫是个十分顽强的医生，他仍然坚持问我一些约定俗成的问题：”

“‘你什么时候产生第一次性冲动？’”

“‘你是不是讨厌你的姐妹？’”

“‘你是不是感到排尿困难？’”

“‘你在你的兄弟面前是否脱光衣服？’”

“‘你小时候是不是遭到性骚扰？’”

“我这次对答如流，毫不含糊，因为我已经是个有经验的人了，知道如何回答才能使对方满意。只是在回答关于阿芙拉的问题时，稍微觉得有些别扭。大夫问：‘你认为你对于她的死亡负有责任，是不是这样？’”

“‘不，她自己负责。她是自杀。’”

“‘她是在你把那些照片寄给她以后才自杀的。’”

“‘照片并不是她自杀的主要原因。’”

“‘但是，她确实是在你寄了照片以后才自杀的。’”

“‘我确实不知道她为什么要自杀，你也不知道。’”

“‘十分明显的事实是，照片与自杀有着直接的关系。’”

“‘但是，照片不能产生什么作用，照片只是记录了一些事实。’”

“‘也许那个人只是一般的朋友。’”

“‘也许吧。’”

“‘你在寄给她照片时，是不是还写了信？’”

“‘没有。’”

“‘你在寄给她照片以后又和她联系了吗？’”

“‘没有。’”

“‘你都干什么了？’”

“‘我到佛罗里达去了。’”

“‘你是不是已经预感到她要自杀？’”

“‘没有。’”

“‘那么，你有什么预感吗？’”

“‘我感到我们之间的关系已经结束了，没有更多的想法了。’”

“‘当你知道她已经自杀时，你是不是感到很突然？’”

“‘是的。’”

“‘为什么？’”

“‘因为我从来也没有想过她会是一个能够自杀的人，相反，她是一个对生命十分珍惜的人。’”

“‘你既然认为你对她的自杀没有责任，那你为什么还要去自杀呢？’”

“‘我已经说过我并没有想到自杀，那是一个偶然的事件而已。’”

“‘我并不想和你玩这种毫无意义的游戏！’”

“‘这种毫无意义的游戏是你的专利。’”

“‘阿芙拉的信仰是她自己的信仰。’”

“‘千真万确。’”

“‘那么，你为什么在得知她与一个犹太人有关系之后非常生气？’”

“‘她不仅仅是与一个犹太人有关系，而且是与一个摩萨德的负责人保持联系，这说明她是以色列的间谍。’”

“‘让我们认真地做一个假设，她是以色列的间谍，但是，她是一个自由人，她有选择的自由，你为什么生她的气？’”

“‘感到气愤和感到突然之间那是有很大区别的，我只是感到突然，而不是感到生气。’”

“‘感到突然？为什么？’”

“‘因为我认为她在谈到憎恨以色列时，她是真诚的。’”

“‘难道你以为所有的人都憎恨以色列吗？’”

“‘但愿所有的人都憎恨以色列，但是，我认为实际上并不是这样的。’”

“‘你为什么讨厌犹太人？’”

“‘我并不讨厌犹太人，而是你们西方基督教徒讨厌犹太人，是你们虐待他们，把他们驱逐出去，把他们赶到集中营里去，用毒气屠杀他们。然后，由于你们感到愧疚而把他们剩余的人安排在巴勒斯坦地区。’”

“‘我们不要谈政治，还是回到阿芙拉的事情吧。你们原来的关系如何？’”

“‘我们原来的关系非常好，十分和谐、幸福。’”

“‘怎么说？’”

“‘我爱她，她爱我，我们每天争吵一次，做爱两次。’”

“‘啊，啊，一天两次？你不是在开玩笑吧？’”

“‘我不开玩笑。’”

“‘你是不是感到很舒服？’”

“‘你可以这么说。’”

“‘你们阿拉伯人只是把女人当作性工具而已。’”

“‘不，我们阿拉伯人很尊重女人。’”

“‘但是，你没有把阿芙拉当一个女人看待。’”

“‘你什么意思？’”

“‘难道不是你说的吗，你们一天争吵一次。’”

“‘我还说过我们做爱两次。’”

“‘阿芙拉坚持自己是一个独立、坚强的女性，你对此是不是感到烦躁不安？’”

“‘不。’”

“‘你是不是希望她对待你如同一个女仆对待主人一样？’”

“‘有时候她是那样做的，可是，在恋爱时男人就如同奴隶一样。’”

“‘啊，啊，这一点值得研究。你们穆斯林看待女人如同看待奴隶。’”

“‘任何一个落后的民族都有这个毛病。’”

“‘那么，你是如何看待女人的呢？’”

“‘我对待女人完全平等，互相尊重。’”

“‘你难道认为我能够相信你说的话吗？’”

“‘你是自由的，你可以相信，也可以不相信。’”

“这就是我们没有结果的结果。在巴拉克富勒诊疗所里，我还认识了一位大名鼎鼎的歌唱演员卢利塔·布德，她至少在英国是一个经常在电视屏幕上露面的家喻户晓的公众人物。她那时有三十岁，成千上万的男人追求她，但是，她始终找不到一个能够使她以心相许的人，结果弄得自己不得不到巴拉克富勒诊疗所里求医。”

“我和她还是谈得来的，不知道你听说没有，在和不太熟悉的人聊天时，经常要比和熟悉的人聊得多，而且更加畅所欲言。我想，如果我不是一个外国人，一个来自遥远国度的人，她就不会向我敞开胸怀。你对此有何评价？”

“这是经常发生的情况，因为和不太熟悉的人聊天时，没有竞争者，也用不着担惊受怕，对方不会揭露你，不能随便骂你，说多说少都没有关系。不过，知名人士却经常有这种担心。””

“这样的分析是有道理的，也合乎逻辑。卢利塔·布德对我谈了她令人难以置信的孤独感，她每天只能以酒消愁，她说所有爱她的人都忽略她的存在，总是从她那里获得愉快，然后就离开她。成千上万的情人都没能打动她的心，我一直奇怪那些人都在忌妒明星，如果他们能够真正了解明星心灵深处的需要，那就太好了。我是指所有的明星，舞台上的明星、政坛上的明星、金融方面的明星，甚至是文坛上的明星，你不能看到其中任何一个人不是依靠安眠药睡觉、不依靠兴奋剂开始一天工作的。你难以看到他们发自内心的笑，他们的一言一行都是装出来的，只有一种东西是真实的，那就是内心的痛苦。”

“我以一个健康的体魄离开了巴拉克富勒诊疗所，但是，我和卢利塔·布德的友谊却没有中断。可是，卢利塔·布德在离开巴拉克富勒诊疗所后的两三年，和一个澳大利亚的农民结婚了，她彻底地离开了艺术。我希望她能够从这个澳大利亚农民那里找到她所需要的精神食粮。”

“绨夫人也是我的一个女朋友，她是一个非常美丽的女人，曾经结过三次婚。可是，没有一个男人能够履行作为她的丈夫的义务。她经常想她也许是个没有男人喜欢的女人，于是，她来到巴拉克富勒诊疗所里求医。撒伯鲁台尔大夫鼓励我通过不直接的方式改变她的想象。”

“我还认识劳拉德·尼克鲁卡斯特尔，他是一个非常富有的人，继承了相当于第十世界面积的农田，继承了有第十世界十倍大的住宅区。不仅如此，他还是个十分奇特的人，英国人看待有钱人具有特殊的眼光。如果我是一个穷人，那么，他们就会对我产生一种异样的感觉，不可能同样看待。劳拉德·尼克鲁卡斯特尔不以自己的富有而伤害任何人，他的生活很有规律，每年有一个月到森林里去观察稀有鸟类；一个月到地下察看被扔掉的矿源，不知道为什么他要这么做，但是很显然他非常喜欢到地下察看被扔掉的矿源；一个月到幽灵们居住的房屋里研究幽灵们的情况，因为每个英国人的住宅都超过三百年，至少有一个以上的幽灵在那里居住，这个情况源于劳拉德·尼克鲁卡斯特尔本人；一个月到著名的养马场巡礼，挑选年轻的马匹；一个月在伦敦察看他的商业经营情况，出席劳拉德专题报告会；一个月到香港和他的中国女人度蜜月；另外三个月待在巴拉克富勒诊疗所里。他随身携带几箱子陈年红葡萄酒，这时，整个巴拉克富勒诊疗所基本上为他而腾空了。他为什么不自己建造一个诊疗所？因为他认为那里有传统的设备和特别的医生。而且他在那里可以得到完全的休息，而其他人并不知道他会在那里度过三个月的时间：一个月他与他的妻子到乡下别墅里度过；一个月他与尼泊尔登山运动员一起去爬山；剩余的一个月对于几乎所有的人来说始终是个谜，没有人能够确切地了解他的确切计划。当我问他时，他显得漫不经心地说：'一个男人必须有自己的秘密，如果他没有了这些秘密，那么他就完了。'多么奇怪的直言不讳！尽管他的性格十分特殊，但是，我还是非常喜欢他的。"

"他非常喜欢射猎，喜欢用狗追赶兔子。有一次，我应邀和他一起去射猎，我们一大早乘坐他的螺旋桨直升飞机来到他景色优美的乡下别墅。我们寻找他的射猎服装，以及其他的射猎用具。这些都是劳拉德·尼克鲁卡斯特尔的祖父留给他的遗物。准备停当，开始吃早饭。那是什么样的早饭啊，恐怕只有在英国女王的私人游艇上或者皇家宴会上才能够看到那么丰盛的筵席！不仅山珍海味应有尽有，而且各种各样的饮料足以让人头晕目眩。上午九点，人马出动，浩浩荡荡，我仔细观察了参加射猎的人们，不禁大吃一惊：有退休将军、著名演员、文学家、历史学者、大商人……人们骑在各种马上，个个耀武扬威，不可一世。一千只猎犬在前面开路，追赶狐狸。我当时骑的是海湾的良种马，高头大马，毛色滑滑润润的，自己都感觉得意扬扬。我是个出色的骑士，这要感谢我家乡的毛驴，因为我从小就是骑毛驴的好手。狐狸出现时，所有的人全部发疯了，人们争先恐后地骑马狂奔，在前面开路的一千只猎犬个个跃跃欲试，拼命地追赶狐狸，都要争抢头功。我感觉自己的坐骑如同腾空驾云了，就像喷气式飞机，它飞过高大的木栅栏，穿越遮天蔽日的森林，我只是感觉一点儿头晕。这时，有一个肥胖的女人骑在马上，竟然跑得比我还要快。她喘着粗气，嘲弄我说：‘你这个阿拉伯人，快点儿跑啊，你是不是掉下来过？为什么跑得那么慢腾腾的？你这个可怜的男人，你是不是第一次骑马射猎？要不要我教导你？你是沙漠中的长老吗？我听说你们只是习惯于骑骆驼，我希望你不会被摔下来、折断骨头！你还是到我的马上来吧，蒙上你的眼睛，我保证你平安无事。’”

“我们正在聊天，劳拉德·尼克鲁卡斯特尔先生猛然出现在我们面前，他骑在马上笑着说：‘亲爱的妻子，我想你已经认识我的朋友了，你应该好好招待他。’夫人按照劳拉德·尼克鲁卡斯特尔先生的意思，把我请到了她的小舍中小坐，并且让她的侍女陪伴我。我们在一起休息、聊天。这个侍女名字叫撒玛萨，她聚精会神地听我给她讲我在沙漠中的种种经历。我们喝了很多，一杯、两杯、三杯，我们相当投机，彼此都显得十分亲热。突然，门口响起来震耳欲聋的怒吼声：‘啊，你这个该死的阿拉伯人，竟然敢和我的女仆调情！而且是在我和她睡觉的床上！’我当时就晕头转向了，吓得昏迷过去。”

“当我苏醒过来时，发现自己已经躺在了诊疗所。尽管如此，我和劳拉德·尼克鲁卡斯特尔先生之间的关系一直保持到现在。我从诊疗所出来之前写了两个报告，一个是《这样才能使得阿拉伯民族复兴》；另外一个是《这样才能打败以色列》。这时，发生了一个突然事件……”

“教授，请容许我问你一些在这个时期里的问题。”

“难道你不想知道发生了什么突然事件？”

“我想，但是，首先我想知道一些在这个时期里的问题。”

“那好吧，请问吧！”

“教授，你为什么干了这么多可恶的事情？首先，监视阿芙拉——为什么要监视她？”

“我不是已经对你讲了吗，怀疑是主要原因，盲目的怀疑，爱情又是这种怀疑的根源。”

“你是讲过了，可是，教授，如果我们正在恋爱还能够去监视所爱的人吗？”

“当时说实在的，好像没有什么余地去考虑这个问题，我已经晕头转向了。”

“监视是一种可恶的行为，在任何情况下都是如此，尽管有许多借口。”

“我现在要警告你，你正在监视我的内心世界！”

“我不和你开玩笑，你要知道你首先搞了间谍活动，其次你把照片寄给了她。”

“照片就是照片，她在英国会见摩萨德的负责人。”

“我认为寄照片是一种恶劣行为，你当时完全可以冷静地结束你们之间的关系。”

“我并不认为作为一个爱国者，面对一个以色列的间谍能够无动于衷，那样的话恰恰是一种恶劣行为。”

“我认为你的行为是恶劣的。”

“随你的便吧！”

“让我们谈谈你在巴拉克富勒诊疗所里的恶劣行径吧。”

“我在那里从来也没有干过什么恶劣行径！正相反，我是恶劣行径的牺牲品，草药的试验品！”

“难道你没有和卢利塔·布德发生性关系？”

“你为什么不说是卢利塔·布德和我发生性关系？”

“谁先主动的并不重要，重要的是你乘人之危猎取了一个精神空虚的女人的感情和身体。”

“萨比特大夫，我那时是想成为一个真正的男人。”

“你是如何对待绨夫人的？难道她不是你的一个牺牲品吗？”

“我的一个牺牲品？她是一个可怜的女人，她几乎丧失了理智，你完全可以说是我的特殊关怀拯救了她。”

“特殊关怀！啊，教授，她是一个美丽的女人，你欣赏她。你又是怎样对待劳拉德·尼克鲁卡斯特尔夫人的？”

“我又怎么啦？”

“她是你朋友的夫人，朋友妻不可欺，你是怎么搞的？阿拉伯的传统是禁止这样做的！”

“这件事劳拉德·尼克鲁卡斯特尔先生本人都没有什么不满，你为什么生气？阿拉伯的传统？我在和你谈善良与邪恶，你怎么和我谈传统？你是什么时候开始加入传统大军的？你想跟我说在阿拉伯国家里没有一个男人和他朋友的妻子睡觉？”

“我不这样说，我不知道谁这样睡了，我只是想说这种行为是与阿拉伯传统背道而驰的。”

“难道你认为所有的阿拉伯传统都是道德问题？”

“我没有这样说，在那种具体情况下，应该认为阿拉伯传统都是道德问题。再说，你是怎么对待那个侍女的？”

“你不要对我说阿拉伯的传统阻止这种行为，在阿拉伯国家，经常有主人和女仆睡觉的情况发生。”

“这是不是有些夸张了？”

“夸张，在许多地方被人们使用，夸张并不是什么罪行，而是一种表达方式。甚至在某些特定的情况下是一种需要。比如，当有的人在调戏妇女、夫妻之间做爱时等。我说得没有错，没有一个哲学家能够成功地发展道德哲学。但是这些总是和宗教有关。那些说能够区分善良与邪恶之间的区别而忽视宗教因素的人，实际上是不存在的。有人说知识是通过理智得来的，有人说知识是通过猜想得到的，理智与猜想之间的关系是风马牛不相及的。”

“教授，你刚才不是说你有什么‘突然事件’？”

“是的，我原来以为，那个与研究如何打败以色列的思想库不同的，研究如何振兴阿拉伯民族的思想库会逐渐消失的。我在想写那两个报告之前，我的脑电波发出令我吃惊的消息！”

“什么消息？”

“我获悉以色列已经制造出第一颗原子弹！我认为我当时是这个地球上除了以色列核心人物之外唯一一个最先知道这个绝密信息的人。”

“这是什么时候的事情？”

“时间？时间对于我们现在有什么意义吗？也许是五十年代或者是六十年代？这并不重要，重要的是这个情报使我马上意识到那两个报告的重要性，必须立刻以全部的身心、全部的热情投入到两个报告当中去。那就是立刻振兴阿拉伯民族、打败以色列，在阿拉伯世界各地建立起革命军事中心。我在第一个报告中用了一千页的文字阐明这个问题，说明只有在阿拉伯世界各地建立起革命军事中心，才能使得阿拉伯民族得到复兴。这些重要的研究成果如今仍然放在我的许多抽屉中的一个，你是不是想拜读？”

“不，谢谢！”

“成立第一个思想库的研究中心课题是军事机构，就是唯一能使阿拉伯民族振兴的阿拉伯机构。其中的原因是很多的：第一，军事机构是唯一的可以起到制约作用的机构；第二，军事机构经过训练、调整，成为现代化的、进步的机构，欢迎不断用进步的时代信息加以改革；第三，军事机构是由人民群众组成的，它和最广大的人民群众利益息息相关；第四……”

“够了，教授，快点儿说说第二个报告吧。”

“我在第二个报告中也用了一千页的文字阐明打败以色列的唯一办法，就是在阿拉伯世界各地建立起革命军事中心。其中原因是很多的：第一，以色列的强大表现在它的军事优势上，对此，我们不能否认，而应该想办法使阿拉伯的军事力量超越它，而军队则是实现这种超越的唯一实体；第二，在阿拉伯军人心目中一直存在着一个挥之不去的疙瘩，那就是为1949年战争失败报仇，而彻底打败以色列就是切除这个疙瘩的良机；第三，行政领导者们不可能承受与以色列人血战到底所要付出的惊人代价；第四，与以色列的战争需要集中责任，以至于……”

“对不起，教授，能不能谈谈你在递交了报告之后的情况？”

“你认为我怎样了？我及时递交上去了，但是，事与愿违，没有马上实现我的愿望。实际上，也不可能一下子就组成一个统一的阿拉伯联合军队。在以色列周围有许多阿拉伯军队，足以一举歼灭以色列军队。可是，实际上，我只是组成了四十八个军事中心，原来的想法是这四十八个军事中心能够在短期内在各个地方一起行动。可是，实际上……我极力动员资产超过一百万美元的人士慷慨解囊，但他们大部分是行政领导者，对此好像不感兴趣。于是，我就告诉他们，我们可以和以色列和解，说军队在经过一番骚动以后将要和以色列签署和平协议，而且，美国中央情报局的决策层同意了，以色列方面也同意了。”

“这我就不明白了，以色列当局同意一个毁灭他们的计划？”

“历史上出现过许多令人难以相信的事情！你要动脑筋呀！我并没有向他们透露真正的意图，你可以说我欺骗了他们。后来，我选择一个将军来主持阿拉伯四十八个军事中心的工作，经过反复考虑，我选择了萨拉丁。我们召开了长时间的秘密会议，我向他提供了五亿美元作为暴动的资金。”

“你向他提供了五亿美元作为暴动的资金？”

“为什么不？难道你怀疑我的能力吗？难道我就不能拥有这些钱吗？难道我不是一直在梦想振兴阿拉伯民族、打败以色列吗？难道军事暴动不是现代阿拉伯最伟大的智慧吗？”

“萨拉丁怎么样了？”

“一个十分优秀的人物！一个坚定不移的人，一个有能力的人，但是，有的时候他有点儿神经错乱。不过，没有关系，难道一个将要发动军事暴动的人，还不容许他有点儿神经错乱吗？他总的来说是个聪明、高大的人，他三十四岁，具有很好的文学修养，阅读各种各样的书籍，甚至是口袋书。他当然知道自己需要什么，军队需要什么样的武器，知道如何打败以色列人，他的军事情报工作非常出色。他能够运用各种手段消除腐败现象，寻求建立一个真正的议会，在有限的时间内扫除文盲。后来，暴动终于爆发了，没有放一枪一弹，没有死伤一人，没有成立什么军官团。暴动以后，我与萨拉丁的关系更加牢固了。他把我当作革命的精神领袖、父亲。革命，这个名词有多么好，没有一个人把暴动说成是暴动。我看萨拉丁完全可以担任临时过渡委员会的主席，两年后，他成为共和国总统，我们的关系就此结束了。三年后，他邀请我去参观那四十八个军事中心，我同意了。”

“当我的飞机降落机场时，有六辆汽车迎接我的到来。有一个上校向我行军礼，说：‘总统阁下委派我前来迎接您，并且负责全程陪同您参观。’我发现原来叫雨街的一条街道已经更名为萨拉丁街，而且，所有的饭店全部用萨拉丁命名。上校若无其事地说：‘我们现在实行市场经济，所有的建筑物、饭店、旅馆、学校等都是以总统阁下的名字命名的。’他告诉我说，总统阁下正在他的沙漠别墅里等着我去共进晚餐。夜幕降临，车队启动了，我在上校的陪同下，乘坐第一辆汽车，后面跟着五辆空汽车，浩浩荡荡地向前开去。我们来到沙漠中的某个地方，我刚刚迈进厚厚的围墙大门，就仿佛置身于另外一个世界：五光十色的喷泉，火树银花，红砖绿瓦，金碧辉煌！这哪里是什么沙漠地区？我急忙揉了揉眼睛，就怕自己看错了。这是一个小型的神秘的城市，一个宫殿紧挨着一个宫殿，到了第四个宫殿时，我终于看到了萨拉丁。我们互致问候，热烈拥抱、亲吻。我发现他接见我的大厅比人民大会堂大多了，那里聚集着众多的陪同人员和卫兵。萨拉丁挥了挥手，大厅顿时变空了，他又用手按动按钮，一顶帐篷从天而降，帐篷里只有我们两个人，我们在热情友好的气氛中进行了长时间的、开诚布公的、妙趣横生的谈话。他递给我一个小口袋，我以为那是一件小礼物，比如戒指、项链、金笔之类的。不料，打开一看，原来是一张七亿五千万美元的支票！萨拉丁笑着说：‘你也许还能够记得以前的事情，我把这个送给你，十分感谢你！’”

“我说：‘以前的事情还提它干什么？那也不过是一个小小的礼物而已。’”

“‘那个时候是件礼物，现在它已经是过去的事情了。我们现在已经取得了成功，万事如意，欢迎你到这个国家来，这个国家就是你的国家。’”

“按照我以前的习惯，我想称呼他‘萨拉丁兄弟啊’，可是，刚叫出口，就看见他的脸色变得非常难看。我马上意识到叫错了，便急忙改口称‘总统阁下’，再看看他的脸色，果然好多了。我说：‘我在这里看到了许多变化。’”

“‘你认为这些变化怎么样？’”

“‘不知道我能不能跟总统阁下畅所欲言？’”

“他停顿了一下，帐篷里面的空气显然紧张了许多。但是，他还是说：‘当然可以了，你如果不能和我畅所欲言，那么，还有谁能够和我畅所欲言呢？你千万不要忘记你对我的好处，那都是不能否认的事实。’”

“‘总统阁下，谈不到什么好处，那都是我应该做的。而且，我们的目的是共同的。’”

“‘是的，是的，现在我们还是一样的。’”

“‘我们原来的宗旨是振兴阿拉伯民族，打败以色列。’”

“‘是的，是的，现在我们还是一样的。’”

“我极力礼貌地说：‘那么，现在都发生了哪些变革？我们的初衷是从这里开始，让变革席卷整个阿拉伯民族的啊。’”

“他笑得有些不自然：‘啊，变革？难道你没有听到消息？我们已经实现了所有梦寐以求的变革理想：我们消灭了剥削阶级，把他们掠夺的钱财还给了人民，让人民取得了合法权益，我们贯彻了五年计划，坚定了民主基础，制定了宪法，在这个地区里进行了最广泛、民主的议会选举。难道你就没有听到这些巨大的变化?’”

“‘总统阁下，我听是听到了，但是……’”

“‘没有什么但是，但是什么?’”

“‘我听到人们在议论纷纷。’”

“他的脸面浮上了红晕，急忙问:‘议论？议论什么?’”

“我压低了声音，说:‘人们说军官形成了新的剥削阶级，人们还说这个新的阶级掌握着财政大权；人们又说五年计划使富人更加富裕，而穷人更加贫穷；人们更说所谓民主只不过是一种形式，军官充满了第一个议会，而他们的亲属占据了第二个议会的所有席位。’”

“他的脸色更加红晕了，极力掩饰着内心的烦躁，说:‘议论归议论，只不过是一些别有用心的人的一种伎俩而已。犹太复国主义者习惯于谣言惑众!’”

“‘对不起，总统阁下，人们还不只说这些呢，集中营里关押着成千上万的人，安全部门染指所有的地方，普通人的自由是有限的自由。人们还说……还说总统阁下把国家全部财产攫为己有……’”

“我以为他会勃然大怒，不料他竟然做作地仰天大笑，说:‘你个人怎么看这一切，教授？难道你能够相信那些无稽之谈吗?’”

“‘我听到了，我不愿意相信，但是，我也不能撒谎，我只是想澄清这些事情。’”

‘那么，你就应该去听听各个方面的意见，一个人绝对不能偏听偏信！我们只是关押了五十名涉嫌为以色列服务的间谍分子，安全部门不干涉任何守法公民的自由，所有人的自由得到保障，除了少数人民的叛徒、敌人的走狗。至于说我把国家全部财产攫为己有，那无疑是无稽之谈、谣言惑众！所有的人都知道我是个廉洁奉公的穷人。’”

“我想了想，说：‘那么，宫殿、饭店、高档汽车……’”

“他依然做作地仰天大笑，说：‘难道你不知道事实吗？这里所有的公民都知道事实，为什么宾馆、饭店、宫殿都冠以我的名字？难道我自己能够这样做吗？还不都是下面人搞的吗？我来自人民，我的一切都要归还人民，我的所有财产不会由我的子孙继承，我们的人民长期受磨难，过去一直生活在水深火热之中呀。教授，他们完全有权利享受繁荣昌盛，我要把幸福、自由送给那些为了祖国的繁荣昌盛作出贡献的人们，他们正在怀着一种感激的心情忘我地拼命地工作啊。’”

“我一脸严肃地说：‘总统阁下是说您正在代表人民享受着这些繁荣昌盛吧。’”

“‘是的，是的，这是事实。我没有去偷窃人民的奋斗成果，我没有背叛信仰，是人民坚持给我这样的宫殿暂时居住，你也可以认为是全体人民都在这里居住。你能够说我已经不是一个普通人了，作为一个特殊的人有特殊的需要，你甚至可以说我代表了人民，你还可以说我是人民利益的体现。’”

“我几乎是自言自语地说：‘饭店、宾馆是怎么回事，总统阁下？’”

“‘饭店、宾馆？难道没有人告诉你吗？以我的名义命名的饭店、宾馆是人民所有制的总统企业，是人民坚持要我当这些企业的名誉董事长，所有的收入都用来救济寡妇和孤儿。信不信由你，所有的饭店、宾馆对我的待遇就如同对一个普通的公民一样，甚至你在这里的饮食起居都由我来掏腰包。’”

“‘我不想让您过于破费了，总统阁下。’”

“‘不管在什么情况下，客人总是客人嘛。’他停顿了一下，又说：‘关于高档汽车的问题提得好，这些高档汽车是我们军官在订购大批军火时，人家送的一些小礼品。这些汽车并不是我的私人财产，也不属于政府，而是军队所有，当你离开时要入军营的。’”

“我毫不犹豫地说：‘怎么把高档的汽车放在军营里？’”

“‘是啊，它们本来就是军队搞来的，物归原主嘛，我从军队里借出来就是为了款待你嘛！’”

“‘好吧，总统阁下，我被您说服了，您使我相信您已经实践了您振兴民族的诺言。那么，第二个目标呢，关于打败以色列的诺言又怎么样了呢？’”

“他正要回答时，进来一个军官，毕恭毕敬地向他行礼，请示道：‘报告总统阁下，晚饭已经准备好了。’他立刻笑着说：‘你看，我们正在进行热烈的讨论，晚饭时间到了。那么，就让我们边吃边聊吧。我叫来几个部长奉陪，其中有国防部部长，这样你就可以和他谈下一个大战役的问题。’”

“说完，他又按了电钮，帐篷瞬间上升到大厅的顶部。我们起身，走到宴会厅。当我们穿过办公楼时，我看到那里的豪华程度并不亚于罗浮宫。然后，我们来到一个沙漠地带，进入一个大帐篷里，已经有十名将军在那里迎接，他们都穿着军装，肩膀上的金星熠熠闪光。餐台上摆放着十只烤全羊。萨拉丁高兴地对大家说：‘各位，我想你们会认识我的教授朋友吧，你们肯定都会听说过他，他是我们革命的精神领袖！时隔多年，他终于光临我们这里了！’然后，他转过身去，说：‘教授，这位就是国防部部长阿卡伯·纳菲尔中将，这位是……’我和那么多的将军一一握手、寒暄。萨拉丁说：‘教授，你看，我们在帐篷里款待你，说明我们是一些没有忘本的人。我不容许腐败现象侵犯我们的传统风俗，这是你亲眼所见，我们仍然蹲在地上吃饭，用手抓饭，我们为此感到自豪！’”

“我急忙说：‘是啊，是啊，我在西方过惯了腐败的生活，已经习惯了用刀、叉、勺，坐在桌子边吃饭。不过，我看到我们阿拉伯世界还挺好的，感到挺高兴。你们是大地之盐。’”

“萨拉丁脸上出现阴影，自言自语地说：‘什么？大地之盐？我们是盐？’”

“我急忙解释：‘这是一种简单的比喻，说明你们没有被腐蚀。’”

“众人的脸色由阴天转为晴天。我们开始吃饭，大家狼吞虎咽一番。萨拉丁对国防部部长说：‘国防部部长阿卡伯·纳菲尔中将，你给教授说说我们的战略计划，没有什么可以对他隐瞒的，他是我们的一员。’国防部部长急忙吞噬掉一块肉，用手擦了擦嘴巴，说：‘总统阁下，我们已经做好一切准备，有四百架飞机随时准备袭击以色列的所有城市，有一千辆坦克准备向敌人的边防线挺进，有五十万英勇的战士在如饥似渴地准备为了解放巴勒斯坦而献身。’”

“我高兴地说：‘太好了！既然你们已经准备好了，那你们还在等待什么？’”

“‘问题是我们的四十九军团和五十军团之间矛盾重重，各个军团都在资助一个恐怖集团破坏另外一个军团。当我们要打败以色列时，必须首先解决存在于内部的骚乱和恐怖活动啊！而且，我们的边境还有敌对的兄弟国家的侵略！’”

“我说：‘那可怎么办呢？’”

“萨拉丁转向外交部部长，问：‘你说怎么办？’”

“外交部部长说：‘经过认真地研究、分析，我们得出来的结论、也是唯一的解决办法。首先要改变敌对的兄弟国家的政权，这是毋庸置疑的。事实上，大量的记录、照片证明，四十九军团和五十军团都是以色列的走狗，他们的工作人员在领取以色列摩萨德的津贴。’”

“萨拉丁说：‘其实，我一直在想，如何消灭那两个敌对的兄弟国家。但是，我们不能用阿拉伯人的武器让阿拉伯人流血啊！无辜的阿拉伯兄弟何罪之有？’”

“我说：‘你说得对，那么，你又有何高见？’”

“‘我想通过经济手段来改变那两个敌对的兄弟国家的政权，而不流一滴鲜血。经济部部长，你是这方面的专家，你谈谈吧。’”

“经济部部长咳嗽了一下，郑重其事地说：‘根据伟大的总统阁下的旨意，我们制订了一个吸引四十九军团和五十军团以及那两个敌对兄弟国家年轻劳动力的周密计划，决定给这些年轻的劳动力以比我们年轻的劳动力还要多的薪水，把他们逐渐吸引过来。这样一来，用不了十年时间，他们那里的年轻人就会全部跑到我们这里来了。那时，他们的政权也就不攻自破了。’”

“我无可奈何地说：‘这个计划是不错，但是，这样一来，我们攻打以色列的计划只能在十年以后才能实行了。’”

“国防部部长说：‘我看要不了那么长的时间。’”

“我听了他们的话，气愤至极，神经快要崩溃了。我不顾一切地说：‘让安拉诅咒你们！首先是你们这个恶浊的总统、世界的蛆虫！你们是在偷窃、掠夺、挥霍人民的财产，践踏人民的权利！你这个国防部部长说什么有四百架飞机随时准备袭击以色列的所有城市，可是，实际上只有二十架能够起飞，而其余的需要修理！你说什么有一千辆坦克准备向敌人的边防线挺进，其实只有五十辆能够勉强开动，其余的零件不全，甚至修理不好了！你说什么有五十万英勇的战士在如饥似渴地准备为了解放巴勒斯坦而献身，这是你的私人账本中记载的向上面报告领取薪水的数目，实际上只有三万没有经过严格训练的散兵游勇！你，外交部部长……’我还没有说完，只觉得头被一种重物狠命打了一下，从头上流淌的鲜血模糊了我的眼睛，我顿时晕了过去……我很快苏醒过来，只见萨拉丁手中的手枪还冒着烟呢。”

“感谢安拉，由于萨拉丁当时气急败坏、浑身发抖，再加上枪法不准，没有击中要害，给我留了一条命。我被关进了集中营。在那里我看到有一千五百人被关押，但是，我却受到优待，没有给我上镣铐，不像其他人。我想到一个诗人的话：‘我原来要求说话的自由，而现在只是要求撒尿的自由。’这一点我感受深刻。”

“我在那里被关了六个月，最大的收获是认识了穆尼哈。女人被关在另外的一个集中营，阿拉伯人的习俗得到了充分的照顾。有一天，一个上校前来对我说：‘教授，总统阁下在海滨别墅等着你。’我随着他走出集中营，看到豪华汽车正等在那里。我们来到海边，看到那里一色的轮船式样的别墅，极其豪华。当然，这些并不是属于总统的，它们是属于广大人民群众的。总统只是暂时使用而已，并不留给他的子孙后代。”

“萨拉丁若无其事地显得十分热情地欢迎我、拥抱我，还没有请我坐下，便直截了当地问我：‘那张支票在哪里？’”

“我是有备而来的。我给了他支票，他接过去，立刻撕了个粉碎。显然，那张支票是假的，总统跟我开玩笑。他微笑着说：‘我叫你来是有正经事情商量的。’”

“我正色道：‘我能够拒绝吗？’”

“‘绝对不能。有个职务，需要你来担当。’”

“‘我没有能力在这里干什么事情。’”

“‘那你就回集中营去吧！我作为一个革命者是不怕批评的，革命嘛，哪里有不存在问题的？批评本身就是一种建设！但是，你不要听信谣言啊，谣言惑众！谣言是以色列犹太复国主义和殖民主义、帝国主义惯用的伎俩。你是我的兄弟、朋友，我并不想对你隐瞒什么，教授，阿芙拉是我们安插在摩萨德内部的最优秀的情报人员！她从伦敦向我们提供许多十分详细、万分准确的情报。’”

“我十分吃惊、万分震惊！我问：‘你们认识她！她不是以色列的间谍吗？’”

“他大笑不止，说：‘她是以色列的间谍？她曾经憎恨以色列到了疯狂的地步，她和我一起工作，我对她十分了解。’”

“‘你是什么意思？总统阁下，从你的话里好像我是她的死亡原因？’”

“‘摩萨德曾经跟踪那个你要求跟踪她的情报人员，摩萨德怀疑她，便把她杀死了。’”

“‘但是，警察局的报告说，她是自杀的。’”

“‘她不是自杀，她从来也没有想到要自杀。’”

“‘总统阁下，你是怎么知道我和她之间的关系的？’”

“‘我刚才不是说了吗，她曾经和我在一起工作，她受我直接领导。’”

“‘总统阁下，这么说是你发现了我，我还以为是我发现了你呢。’”

“‘这就不用讨论了，就算是共同发现的吧。我是在印度饭店认识、了解你的。’我没有什么话说了。只听他说：‘过去的事情就让它过去吧，现在我们还是回到现实中来吧。我考虑了好久，现在我面临的最大问题就是人才。我曾经任命过许多人，但是，他们一个个变成了背叛我的人，廉洁的人成为贪婪的人，荣耀的人成为无耻之徒，但是，你仍然是我们革命的精神领袖，你的话虽然逆耳，却是中听的。因此，我决定任命你负责挑选人才。这个职务也许是空前绝后的，你从现在起就负责任命所有的负责人！’”

“从此，我就一直忙于任命事项。我白天和晚上不停地任命。于是，我的房子里便堆满了数不尽的贿赂品。我要求见萨拉丁，他直截了当地问：‘房子、仓库都塞满了吗？’”

“‘都塞满了。如同总统阁下的企业一样。’”

“‘礼物嘛，是可以接受的。你是不是今天要求结束这一切？’”

“‘是的。’”

“‘你现在是不是懂得了改革的艰难？’”

“‘是的。’”

“‘你是不是明白了说易做难的道理？你将来是不是还要坚持你尖锐批评的作风？’”

“‘我坚持！’”

“我一直后悔当初自己选择了萨拉丁，如今，他瞬间变成了总统，对我撒谎，说什么阿芙拉和他是同事！她是以色列的间谍！他想让我相信他专政以后什么都变好了，他可以说关我就关我，说放我就放我！我离开了他。但是，我一直在考虑如何报复他。”

“于是，我选择了一个在集中营里认识的青年人巴拉罕。我和他进行了多次长谈，认为他就是阿拉伯人的前途！我们共同决定成立先锋党。他反复向我表白他并不贪图荣誉、地位、金钱，他将来要进行体面的选举。他坚持要我和他一起干，起码是在革命的初期阶段。我为了支持他搞革命，给了他五亿美元。”

“你怎么给了他那么多的钱？搞革命并不需要那么多的钱。”

“不，有许多的花费，比如，干部工资、购买武器、起义工人经费、宣传费用……总之，有许多意想不到的花销。革命的炮声终于响起来了！罢工的怒潮席卷了工业、商业……发生了流血事件，流血事件激发更大的罢工浪潮。先锋党英明地领导着人民把斗争不断推向更大的高潮……巴拉罕指挥一切、调动一切，革命最终取得了胜利！我来到他们的指挥部，果然，巴拉罕拒绝担任总统，拒绝担任任何职务。民主选举开始了，宪法产生了。在他的坚持下，我不得不担当‘重要事务部’的负责人，掌管教育部、卫生部、住房部……的一切工作。当时，所有人都沉浸在无限的欢乐之中，每个人都向往着美好的未来，制定宪法的委员会日夜讨论每一个细节，争论得热火朝天。”

“我一直在想自己如何报复专制主义。我做出两个历史性的决定：其一是每一个官僚主义者在一个月里减肥六十公斤，否则我就死；我以为他们都会饿死，或者变得骨瘦如柴。但是，事与愿违。他们都减肥了，反而变得更加专制了。其二是我命令逮捕所有肆无忌惮的专制主义者，并且把他们处以死刑。结果，逮捕了五十万个专制主义者，经过正义法庭的审判，决定全部处以死刑。可是，产生了一个技术问题，怎么能够一下子处死五十万人？世界银行的专家们研究了我的方案，万分吃惊地把它称为‘世纪计划’，许多投资者争先恐后地来了，把一个大水坑的水全部抽干了。这时，血腥镇压部部长来到我的面前，说：‘报告，地方已经准备好了，但是，我们难以使用通常的办法处死五十万人呀。’”

“我说：‘你有什么建议？’”

“‘用毒气吧。’”

“‘好吧，不过，我要和联合国联系一下。’于是，我接通了联合国组织；要求与秘书长谈话，我说：‘我希望安理会发表一个决定，容许我使用毒气一次处死五十万个专制主义者。’”

“秘书长说：‘这完全不符合《联合国人权宣言》的精神！’

“‘人权？这些人不是人，而是一些毫无人性的专制主义者！’”

“‘专制主义者也是人嘛，是人就有人权。当然，专制主义者应该首先消除腐败。’”

“‘是的，是的，那么，就请容许我使用生化武器吧，这不会违背人权，这种设计符合人的生物化学性质。’”

“‘你只是知道一部分，而忽略另外一部分。’”

“我气愤了，说：‘你到底让不让我使用生化武器？’”

“没有回答。我只能挂断电话。我想到使用橙色灭杀剂，因为美国人在越南战争中使用过。于是，我立刻与有关方面取得联系，得知最后一批橙色灭杀剂已经运往波黑的塞尔维亚去了。我马上与波黑的塞尔维亚的一个领导人取得联系，他是一个心理医生，也是一个诗人。我请求他的援助，他说：‘罪犯是穆斯林吗？’”

“我说：‘是的，他们原来都是部落人。’”

“‘我立刻派五万波黑的塞尔维亚士兵到你们那里去强奸他们！’”

“‘长官，你应该知道他们都是男人啊。’”

“‘我不管这些，我们专门强奸所有的穆斯林，所有的，而不管他们是男人、女人、老人、孩子，甚至是在子宫里的胎儿！’”

“‘安拉会谴责你们，谴责你们的国际新秩序！你们的强奸不能消除专制主义，你们这样做是要受到惩罚的。我只是希望你们能够派遣消灭专制主义的队伍！’”

“‘那你得给我一个星期的时间，因为执行处死的队伍现在正在忙碌着处死十万穆斯林。’”

“鉴于这种情况，我不得不采取一个历史性的决定，即亲自处死那些专制主义者。我计算了一下，一个一个地处死，每天处死一千人，需要五百天。我把这个地方全部封闭起来，命名为‘死亡之地’。我命令准备好我的金制马车，每天亲自监督执行。我挑选了从少尉到将军的各个阶层的军官组成一个特别处死队伍，日夜加班，争取提前完成任务。我叫出第一个倒霉蛋，问他：‘此时此刻你有什么最后的愿望？’”

“他说：‘把我眼睛上的布拿下来。’”

“‘为什么？’”

“‘我要最后看一眼我面前美丽的、胜利的、可爱的脸蛋。’”

“我听了他的话，立刻感到十分激动，甚至热泪盈眶。于是，我命令把他释放了。‘下一个！’他说：‘我要亲吻我的朋友、我的主人、我的亲爱的胜利者。’我马上激动万分，命令把他释放了。下一个！释放了；下一个！释放了。如此反复，我对谁也不忍心下手，因为我从他们的话中感受到他们对生命的珍惜，对我的崇拜。于是，我把他们全部释放了，不仅如此，而且还授予他们二等爱国‘贿赂’勋章。这样一来，那个‘死亡之地’就变成了‘授勋之地’了。于是，全国各地一片欢腾，他们赠送给我一千个荣誉称号。”

“我沉浸在名誉的海洋里，漂浮在他们的赞扬中，而对于专制主义的憎恨消失了，对我的怨恨取而代之，我自己倒成了一个专制主义者。最后，国家瘫痪了，经济凋敝，民不聊生。我的职务变成交通管理人员，每个月的工资只有十个美元。后来，我成了看大门的，进出的人都是大腹便便的专制主义者，他们开着奔驰车、戴着瑞士手表、穿着法国的名牌西服，月工资最少上万美元。”

“但是，我对于专制主义的怨恨却没有削弱，专制主义和官僚主义是社会腐败的根源，是癌症、心脏病。对于这种危害人们身心健康的杀手疾病我怎么能够袖手旁观呢？可是，每天要求进入大门的人五花八门、形形色色，有的人就塞给我一百美元，要求放行。因为他进去以后见到大人物，就会做成买卖，一笔生意就能够赚一个亿！一百美元对于他来说的确不算什么，可是，对于我来说就是一个不小的数目了。当然，这一百美元我一个人也不可能全部拿到手，因为我还要去贿赂管理我的人和我的同事呢，否则，我的月薪十个美元也许不知道哪一天就没有了呢！”

“是的，专制主义和官僚主义对于阿拉伯民族来说是毒瘤，可是许多人对此却保持沉默，因为他们大权在握，如果有人胆敢揭露他们，那么，就会遭到迫害，他们想迫害谁就迫害谁。我对于一些不合理的现象，百思不得其解，我经常到沙漠当中去，仰望天上的星星，寻找历史中的名人、智者，希望他们能够给我一个正确的答案！早晨，我翻阅绿皮书、蓝皮书、红皮书，拼命寻找解决不平等现象的钥匙；我去拜访知名人士、顾问、参议员、学者、专家，请求他们能够出谋划策，解救人民于苦难。可是，最后，我却得出结论：我在做最愚蠢的事情！我什么问题也解决不了。群众在置疑，人们在流眼泪，学者在呐喊，我在无可奈何。”

“我有时觉得自己从飞机上下来，向人们洒圣水，每个人的头上都洒了许多圣水，治疗他们的头疼病，让他们保持清醒的头脑。我去朝觐，乞求安拉保佑。我希望处死十二万人，以便巩固国家的政权。”

“还是谈我的爱情经历吧。我在医院里认识了一个二十五岁的护士撒拉，她非常美丽，美丽到你也许都不敢相信的程度。在这之前我没有想象到一个黑人能够美丽到如此地步！我是个种族主义者，但是，是一个发展中的种族主义者，我并不喜欢别的肤色的人种。脸色红晕的人才是我喜欢的人，这当然和绿色保护主义不同。我知道印度尼西亚一个精通伊斯兰教法的人，叫伊本·哈扎姆，他从小喜欢脸色红晕的女人。他在《鸽子的项圈》中写道：‘我从小就喜欢我的一个女仆，她的脸色红晕，每当我见到她时，就感到身心愉快。’”

“我非常喜欢撒拉，虽然是一种单相思，却特别疯狂。由于我当时的精神十分空虚，这种单相思也就显得分外难得。她的体态轻盈，如同春风拂柳，善良得好像祖母，对我的呵护就像母亲一样。但是，她却不爱我。她对我一片真诚。我曾经表示说我出院以后让她做我的秘书，她同意了。她整天和我在一起，我却丝毫感受不到她对我的性要求有什么反应。爱情是用手，而不是用剑实现的。现实生活中确实充满了矛盾，一天，她对我说：'我知道你是爱我的，我把你当作我最亲近的一个朋友，你是我内心和精神的朋友，让我们每个人都珍惜这份感情吧！'让我们每个人都珍惜这份感情！"

"没有办法。我们只有到湖泊中钓鱼，到冰封的雪地里去滑雪……没有我们没做的、吃的、玩的。显然她感到和我在一起很高兴，我在美国一直待了一年，为了和撒拉在一起。突然，我接到巴拉罕的同事发来的一封电报，要我立刻回到他们那里去。我将撒拉安排在我的一个公司任职后，便仓促上路了。我决定轻装简从，办了一个旅游护照，以一个普通人的身份到他们那里去。当我到达机场时，我突然看到到处是高大的雕塑像，有古代埃及国王拉姆西斯二世耸立在开罗铁门前的那么高大！"

"巴拉罕热情地欢迎我，拥抱我。在那里的路上，我惊奇地看到道路两边的建筑物上画满了巴拉罕的巨幅画像！卫兵告诉我晚上总书记要设宴会招待我。总书记！原来，巴拉罕是总书记！后来，接待人员告诉我，在不到两年的时间里，这里发生了好大的变化：宪法制定委员会解散了；巴拉罕变成了总书记、主席、总理、国防部部长、内政部部长、外交部部长……他的党变成了苏联共产党的一个分党。他在这里建造了许多监狱，关押了成千上万的反革命分子，所有的广场都树立起他巨大的雕塑像，所有的街道都被他的画像充满了。”

“巴拉罕在他的小房子里接见了我，周围戒备森严，只有这个小房子没有什么变化，还是和我以前看到的一样。这使我心里稍微得到一点儿安慰，是的，他父母的画像仍然挂在原来的地方。他仍然让我直呼其名：‘你好，巴拉罕！’他说他一直在关注我的一切，并且介绍他的妻子玛基黛和我认识。我们一起走到那个小饭厅吃那么普通的饭菜。他说，他的妻子坚持要亲自动手为我做饭。这时，我实际上心烦意乱、七上八下的，很不是滋味。为什么他的房子以及里面的一切都没有什么变化，而外面的一切都变化了？我真不知道这是真的，还是虚假的？我情不自禁地问他：‘巴拉罕，请容许我直截了当地和你谈话。’”

“他微笑着说：‘教授，你不知道这对于我来说有多么幸福，能够和您在一起谈话是我梦寐以求的事情！’”

“‘我知道你这里发生了巨大的变化。首先，宪法制定委员会为什么解散了？’”

“‘宣布解散是十分困难的，但是，没有别的选择。委员会工作了整整一年才确定了五条宪法草案，用了两个月的时间讨论新国家的名字，还没有确定下来；用了两个月的时间讨论新国旗，还没有确定下来。我们的时代是与时间赛跑的时代啊！时间是无情的，以色列每时每刻都在增强它的实力，其原子能基地天天在巩固，其同盟者时刻在我们的周围虎视眈眈地盯着我们，而我们却始终处于讨论、研究阶段，而且毫无结果！我实在没有办法了，我的一切努力都失败了，我只能对他们说，你们在这里坐了很长时间却没有什么结果，你们还是该干什么就去干什么吧！’”

“‘那么，关于领导委员会呢？’”

“我的这个问题好像使他更加为难，他的脸上掠过一丝不安的表情，说道：‘在革命初期，我们决定内阁是临时性的，直到宪法委员会通过为止。可是，宪法委员会解散了，内阁也就没有合法的性质，必须填补空间，于是……’”

“‘为什么内阁要由你们党内成员组成？’”

“‘这又是一个极其困难的决定，我们曾经邀请其他党派人士参加，但是遭到了拒绝，他们还抗议解散宪法委员会。我苦苦哀求他们与我们合作，我哭过，但是他们就是执迷不悟！没有其他选择了，我们的党成为唯一能够理解我们艰难处境的党，我们的党是唯一能够挑起这个历史重担的党啊，于是……’”

"'你自己呢？你一个人怎么能够担负那么多的职务？'"

"'不，我自己只有一个职务，那就是总书记。'"

"'其他职位呢？'"

"'那都是临时性质的，教授，你肯定还记得，在革命初期我是不想担任什么职务的，我只是想临时担任一些职务直到宪法委员会通过决议后，我就辞掉所有的职务，可是宪法委员会解散了，那么，又由谁来接受各个国家大使递交的国书呢？由谁向各个国家的元首致贺信呢？我曾经建议许多同事担任这个职务，但是都被拒绝了，于是……'"

"'其他的职务呢？'"

"'比如，国防部部长，难道我能把这么重要的职位让一个军官担任吗？在革命取得胜利以后，每个军官都蠢蠢欲动，都搜罗一批亲信，建立自己的小王国，在这种情况下，我没有别的办法，只有挺身而出了。这样一来，军官们都打消了向上爬的念头。'"

"'那么，内政部部长呢？'"

……

"'你还记得我们的朋友萨拉丁吗？当我们的革命取得胜利后，他就迫不及待地当上了总统。而且，把他的人安排在安全部门、情报部门。我发现我们的内政部险些成为第五纵队！一个应该保卫国家的机构几乎成为危及国家安全的机构，我决定暂时主管内政，以免国家遭受颠覆的危险！我只是暂时的，因为我的能力是有限的啊！’”

“‘外交部部长？’”

“‘明天就要宣布任命新的外交部部长！几个月以来，我一直在挑选合适的人选，但是……’”

“‘那么，高大的雕塑、巨大的画像呢？你应该记得，我们曾经强烈地批评萨拉丁搞个人崇拜吗？’”

“他的脸上显示出来一种无奈而痛苦的表情：‘啊，教授，政权，政权总是腐朽的，政权使得多少人变化了！革命是人民的革命，而革命领袖又是人民的领袖，人民的意愿是不能违背的啊。我曾经再三向广大人民群众表示千万不要搞什么个人崇拜，但是，人民有人民的打算，他们要表达自己内心的意愿如同历史的潮流，势不可当。党中央的成员不止一个，如果都树立雕塑像、画像，未免不成体统，于是……’”

“‘那么，其他的事情呢？’”

“‘还有什么事情？’”

“‘监狱！’”

“‘监狱，是的，监狱，我放手让所有的党派自己处理反革命分子、机会主义者、功利主义者、官僚主义者，给他们一年的时间清除异己分子。让有问题的人集中起来进行思想改造，如果不合格，则继续进行改造，直到彻底改造成为一个新人。至于那些政治犯，主要是以色列的走狗、祖国的叛徒、萨拉丁的死党。我们处死了一些以色列的间谍。’”

“‘什么时候“暂时”才能取消？’”

“‘这个问题提得好极了！我现在正在日夜工作以便缩短这个“暂时”，从现在起，也许是一年、两年，或者三年？我们要进行大选，建立新的宪法委员会，然后，给这个委员会一年的时间，仅仅一年，完成永久宪法的制定工作。你如果两三年以后再来访问，那时你就会发现一切已经发生巨大的变化。我日夜盼望着这一天能够早日到来！你不要以为我现在会有什么幸福、心安理得，不，完全不是这样的。恰恰相反，我日夜操劳，不得安宁啊。我们为收入低的人规定了贫困线，用不了十年的时间，你再来看吧，一切都会改变的，那时人民的生活水平将要大大提高。我们还建立了一些磷酸盐、锰、铁公司，它们都是国际垄断资本；我们还建立了一些七倍利润的公司，把国家的财产转变成为瑞士银行的账户；我们正在谈判引进外资，用最先进的武器装备军队以抵御任何胆敢侵略我们的敌人；我们已经开始实施‘家庭图书馆’的三年计划，让每个家庭都有一个包括母婴教育、成年人教育、青年人教育、老年人教育、性教育书籍的图书馆；我们组成了‘希望大军’，这是一个城市部队，专门征集城市里面的闲散、失业人员，成立自愿贡献队伍，造福于城市居民，城市里再也看不到一个游手好闲、调戏妇女的人；我们提出了一个口号："从今往后没有官僚主义"，并且为此成立了一个监督官僚主义烦琐程序并坚决铲除之的部门，这样，我们的国家将成为世界历史上第一个铲除官僚主义的国家；我们建立了"思想库"，这是阿拉伯国家第一个教育下一代如何避免盲从、雇佣、文化侵略的教育机构；我们组成了阿拉伯世界第一个人权协会，这个协会正在不断完善当中，它将成为保障所有公民享受自由、尊严的熠熠闪光的源泉；我们建立了专门的机构……'"

"我实在忍受不下去了，便打断他，说道：'啊，巴拉罕，这些计划都是精彩的、有益的，多么庞大的计划啊！难道你就不担心你实行这些计划的时间会超过你的"暂时""过渡时期"吗？'"

"他用力摇头，说道：'不可能！不可能！这些都是人民的成就，人民不需要我的嘱咐和安排，他们自己会执行得很好的。'"

"这时，他的妻子带着两个男孩子和一个女孩子进来了，他和他的妻子异口同声地对孩子们说：'快叫叔叔！'孩子们很礼貌地向我问好，政治讨论结束了。我们开始聊天，谈到学习、成长、兴趣。我终于告辞了。他们把我送上车，巴拉罕说：'你应该多待一阵子，好管理我们、指导我们，也让我们能够聆听你的高见。’”

“我说：‘我只能待一个星期，商业需要我赶紧回去。’”

“他笑着说：‘你的话提醒了我，不知道什么时候我才能还清贷款？’”

“‘没有什么贷款之说，那是对光荣的革命的一点儿小小的贡献而已。’”

“他紧紧地握住我的手说道：‘我永远忘不了你的恩情！’”

“我记得我的朋友纳赛尔总统曾经对他的朋友尼赫鲁说：‘你是我的思想。’我的朋友海卡尔说他亲自听到了这句话，但是他却没有在他的任何文章、书籍中记载这句话。而他的书籍曾经被翻译成为九十九种文本，甚至有印度文本。你可以问我，你能够相信巴拉罕说的话吗？”

“我回到旅馆，耳边长时间震荡着他所说的话：‘我永远忘不了你的恩情！’我的心灵受到撞击，非常难受。我决定第二天就离开那里。我在几乎昏迷状态下睡下了，大约在凌晨三点钟，我听到轻微的敲门声。我以为是那个在飞机上曾经对我微笑过的妙龄女郎跟踪而来，想和我做爱呢，心里又一次受到甜蜜的撞击。我信心百倍地小跑着去开门，突然，出现在门外的却是六个彪形大汉！一个比一个凶狠，好像都是巴拉罕的翻版，长得一样！我顿时感到头晕目眩，但是，我想到了联合国宪章第六款，便从容不迫地穿好了衣服，跟着这些彪形大汉走出去。他们没有对我说一句话，我也没有说一句话，当我们走到外面时，又看到有六个彪形大汉！一个比一个凶狠，好像都是巴拉罕的翻版，长得也是一样！这时，我的脑海中浮现出一个可怕的念头——今天，我死定了！我茫然地跟随着这些长得都像巴拉罕的人盲目地向前走去。这时，晨曦微露，曙光在前，前途无限！可是，没有想到的是我们竟然走了三个钟头！从首都走到一个城市，从一个城市走到另外一个城市，我没有被蒙上眼睛，没有被戴上镣铐。彪形大汉们对我还算友好，一会儿给我三明治，一会儿给我可口可乐，有时让我吸烟，有时与我交谈。终于，我们来到一个白色的建筑物跟前，看上去像一个中学学校。它确实是一个中学学校，但是那是以前，现在不是了，现在是监狱！就是巴拉罕所说'改造人'的地方。"

"我被好像都是巴拉罕翻版的彪形大汉们带到一个好像也是巴拉罕翻版的彪形大汉面前，原来，他是这个监狱的监狱长，他说：'教授，欢迎你！热烈欢迎！我早就听说过你了，我本来想在另外一个地方而不是这个地方见你的呀。'"

"我漫不经心地说：'这就是生活呀。'"

"'我虽然不知道你为什么进来，但是，我已经得到命令，给你准备了最好的房间、最好的图书馆、最好的浴室和最好的空调。'"

"'"我永远忘不了你的恩情"啊！'"

“给我安排的房间确实如同监狱长所说的那样，有点儿像二星级的饭店。那里确实有个不错的图书馆，但是，里面的图书都是巴拉罕的作品和关于他的所谓‘功绩’的书。我翻阅了一下：《民主而不是专制》《革命又复兴的条件》《自由，自始至终的自由》《人民永远是我的主人》《群众的苦难》《爱护祖国就像爱护眼睛》《革命的爱情》《图书馆——抵抗的第一个防线》《“希望大军”——玫瑰色的梦》《以色列是纸老虎》《以尊严开始》《从今以后没有干树枝》《自由高于面包》……我不禁自言自语道：‘安拉啊，他哪里有时间写这么些书籍？如果他在不到两年的时间里埋头写书的话，那么，他又有什么时间为人民服务呢？’此后的两天还算清静，有人定时照顾我饮食起居。可是，第三天，开始审讯了。来人说：‘教授先生，我们就不要浪费时间了，你只要在这个文件上签名，那么，你就成为自由人了！’”

“我问：‘让我签名？在什么东西上签名？这个文件上写的都不是事实！’”

“‘你不是认识萨拉丁吗？’”

“‘是的。’”

“‘那就没有什么可以辩解的了！你曾经与他合作过！’”

“‘是的。’”

“‘那就是说，你曾经和美国中央情报局合作过！’”

“‘没有。’”

“‘你不要浪费时间了！’”

“‘我说的完全是事实！’”

“他十分恼怒地去了，我的厄运平静地来了。从此，我的待遇一天比一天差，我被不断地转移，从一个房间转移到另外一个更加恶劣的房间，没有空调、没有图书馆、没有浴室的房间。可是，每天的审讯却更上一层楼，变本加厉。我仍然拒绝签名，一个星期以后，有两个像巴拉罕的人来了，他们对我说：‘教授，今天是你的最后的机会了，你如果今天不签名的话，那么，我们只能对你用电刑侍候了！’我仍然拒绝签名。”

“他们开始行动了，一个人把电线的开关插入电门，把另外一头缠绕在我的敏感地区！我立刻有那种电疗的感觉，不一会儿，我就失去了知觉。当我苏醒过来时，他们微笑着对我说：‘教授，谢谢你！’”

“我仍然处于昏迷，便习惯地说：‘没有什么，这是我应该做的。啊？我做了什么？’”

“‘你签名了，这样，你轻松了，我们也轻松了。’”

“‘签名？什么时间？’”

“‘在你苏醒之前。’”

“我刚要提出抗议，进来一个人，拿着一张纸，宣读道：‘国家安全特别法庭宣布，根据总书记的指示，判处“教授”死刑。“教授”已经承认与美国中央情报局以及以色列的走狗萨拉丁合作，阴谋破坏总书记的生活、企图暗杀总书记、颠覆革命政权。总书记已经通过电话审批此重大案件，并且决定星期五在监狱院子里执行绞刑……’”

“我愤怒至极，怒吼道：‘什么时候绞死你们？’”

“反正到星期五还有时间，于是，我和看守们聊起来。我和他们说了好多道理，但是，他们就是不理睬我。没有办法，我只能等待绞刑了。后来，有一个叫达亚的人对我说：‘我是你的朋友，我也是被他们囚禁在这里的，已经被判处死刑。他们让我等待成批地执行。听说你有很多财产，你准备怎样处理呢？’”

“‘我不知道，我认为事情不会如此发展的，什么事情都会变化的。’”

“‘你不用担心，我认为绞刑不会执行。’”

“‘你的意思是巴拉罕会改变主意？’”

“‘这个狗东西！他应该绞死自己！’”

“‘你，你这是什么意思？’”

“‘我有一种预感，你将会得救。’”

“原来，他是汉堡大学伊斯兰教法的博士，曾经在美国和欧洲待过。他已经组建了‘光明党’，在各个地方都有支部，成员发展得很快。他说：‘阳光下没有秘密，我知道你曾经帮助过巴拉罕取得政权，在这之前你还帮助过萨拉丁。你怎么能够相信有人不畏惧安拉？’”

“‘达亚，我不能判断一个人的良心，也不能打开他们的心脏。’”

“‘我们不能再犯错误了，我们应该吸取教训。’”

“‘我想我已经吸取教训了。’”

“‘我非常希望和你谈话。’”

“‘可是，我就要被绞死了。’”

“‘你不用担心，我看你很快就会获得自由的。’”

“他走了，但是，我却彻夜未眠，只是等待着执行绞刑的时刻。也不知道是什么时候，我被什么人推醒，我睁开眼睛一看，原来是我的妻子电炉在叫我，我十分惊奇地问：‘电炉！你在这里干什么？’”

“电炉说：‘已经没有时间说话了，快跟我走吧！’”

“说完，她便抓着我的手。正在这时，门口出现巴拉罕的身影，我说：‘我永远忘不了你的恩情！’他刚要抓我，电炉就把我拉走了，我们一起破墙而出。不知道什么时候，我面前出现一个长满胡须的幽灵，对我说：‘我亲爱的骑士，你差一点儿就没命了。’”

“经过一番折腾，我终于回到现实中。我又开始经商，我努力通过中间人取得世界上最新的创造发明项目，并且与日本取得联系。当然，和日本人打交道比较困难，我讨厌日本人。吃生鱼片倒胃口，日本人的礼节十分烦琐，真让人受不了。他们不说‘不’，也不说‘是’，只是微笑或者点头，不断地点头哈腰，光是应酬就要花上好几个钟头。他们不邀请你到他们的家里去，而只是反复地谈判、谈判。他们通常住得挺远，住宅窄小而拥挤，夫人不进行什么社会活动、政治活动或者商业活动。但是，好像没有人责备日本人有什么大男子主义。他们邀请你到十分豪华的饭店去谈生意，讲排场，吃一顿饭非常贵，有时一个人要花一万美元吃一顿饭。日本人的和服很贵，一套差不多要二十万美元。”

“一想起这些，我就心烦意乱。我得了恐惧症，害怕幽灵出现，害怕照镜子，害怕女人，害怕头发，害怕打针，害怕按钉，害怕座位，唯恐有钉子扎屁股，害怕大海，因为我是沙漠的儿子……于是，我进了日内瓦诊疗所。”

“这个诊疗所不在日内瓦，而是在一个山上。那里有皮肤科、儿科、外科，美容、自然疗法、工业疗法、隆胸……总之，那里是个世界上最奇特的诊疗所，每天的消费至少一万美元。每个人有一个豪华房间，里面有卧室、卫生间、客厅、健身房、游泳池。那里的护士都非常漂亮，她们来自各个不同的国家，为你提供全方位的服务。”

“在那里我认识了穆逊斯克伊大夫，他是瑞士人，催眠专家。同时，我认识了著名的演员玛克琳。她患有‘蝙蝠吸血病’。与此同时，我在那里见到了萨拉丁！”

“他热情地拥抱我。我说：‘您好！总统阁下。’他说：‘你好，教授！我认识了一个新的女朋友，是个有学问的女博士，她叫达玛伊尔。’”

“我说：‘祝福您，总统阁下。您是怎么认识她的？’”

“‘我们是在一个晚会上认识的，她被我的气度、风采、外表所吸引。但是，这个可怜的女人不久就在一次车祸中丧生了！我悲痛欲绝，从此改变了自己的气度、风采、外表，以表示对她的哀悼。而且为此而来到这里。’”

“‘您这样做是可以理解的，总统阁下。’”

“他笑了笑说道：‘你知道你的朋友巴拉罕的消息吗？’”

“‘我已经不关心政治了。’”

“‘他疯了，那里所有的建筑物上都画上了他的画像，所有的孩子都叫巴拉罕！’”

“我在这个诊疗所里看到了著名的演员伊丽莎白·泰勒！她和我的关系一般。她接受九十九次手术治疗，没有一次是必要的。”

“我还见到了能歌善舞的迈克！他在那里进行了五百五十次整容手术。”

“他的皮肤时而呈现蓝色，时而呈现红色，时而呈现棕色，时而呈现白色，时而呈现灰色，不一而足，直至变得谁也不认识他了。”

“最为令人吃惊的是我在那里见到了摩萨德头子阿达扬！是他首先认出我来的，他说：‘教授先生，你怎么会在这个到处是犹太人的诊疗所里？而你是那么讨厌犹太人！你不是认识阿芙拉吗？’”

“我听了他的话，几乎昏倒。他说：‘很遗憾！我不知道一提起她的名字，你竟然如此激动！那么，我们还是转个话题吧。’”

“我急了，赶忙说道：‘不，不，我们就谈她吧。她是你们的间谍吗？’”

“‘这个问题是没完没了的书籍中的一个章节。我关心的是：你为什么老是反对犹太人、以色列人？你曾经利用萨拉丁，但是，失败了。难道他没有告诉你是他杀死了你的女朋友？他现在已经是我们最亲爱的朋友了。后来，你又利用了巴拉罕，但是，你又一次失败了。他的母亲也在这里，你看到她了吗？’”

“‘他的母亲？在这里？他是不是你们的最亲爱的朋友？’”

“‘你可以这样说，我愿意向你透露一个重大的秘密——我在这里的目的就是保护巴拉罕的母亲免遭萨拉丁的毒手。你什么时间加入我们的行列？’”

“听了他的问话，我就赶紧离开了他。我在日内瓦湖畔散步，突然，有一个人袭击我，搂住我的脖子，我连忙挣扎，却发现是达亚！他没有太多的变化，只是头发、胡子全部变白了，显得更加有风度了，更加成熟了。我说：‘我的兄弟，你是怎么从巴拉罕的魔爪中解脱的？’”

“‘非常简单，光明党策划让我逃跑，我化装成一个清洁工人。可是，奇怪的是你是怎么跑出来的？’”

“我只是微笑着看他，没有回答。他继续说：‘你还不知道吧，巴拉罕曾经亲自到监狱，准备动手绞死你！可是，当他得知你突然失踪时，他的精神受到刺激，人们都说，他精神崩溃与你的失踪有关系。几乎所有的人都知道你失踪了，却不知道是如何失踪的。’”

“‘我不能告诉你，即使你知道了，你也绝对不会相信的。’”

“‘你不妨试试看。’”

“‘我的妻子是个精灵，她变化成为一个电炉，能够来去无踪，是她带着我穿透墙壁跑出来的。’”

“他听了我的话，大笑不止。许多瑞士人奇怪地围观我们，有的显得很气愤，因为在公共场所如此大笑是很不礼貌的。他说：‘但愿我们都能够创造奇迹！’”

“我问：‘你在瑞士有何公干？’”

“‘我在致力于斗争，我们不久将取得胜利，我们的革命将席卷整个阿拉伯世界。’我十分担心地说：‘我听到类似的话太多了。’”

“‘你曾经对萨拉丁寄予了巨大的希望，而你却失望了。但是，有道是不能一日遭蛇咬，三年怕井绳，你不要担心在我这里重复以前的经历，我不会让你失望的！’”

“我只能承认地点点头，没有说话。他继续说：‘我绝对不欺骗你，我也不想说什么大话，不过，我将把我的详细计划摆在你的面前，你可以按照上面的规划检查我的言行举止。’”

“说着，他从口袋里掏出来几张纸，并且展示在我的面前。我还挺认真地看了起来。然后，我对他说：‘我并不反对你的计划，然而我也并不同意你的计划，因为我没有确凿的证据能够证明你的计划是可行的。难道你认为这个国家能够看着你推翻它而袖手旁观吗？’”

“‘我并不想迅速取得最后的胜利。’”

“‘你也不要想，必定会失败，力量融在知识之中。现在的科学技术发展很快，只要用手指一按电钮，就能够消灭成千上万的人，如果你不具备强大的装备，就不能去按电钮。’”

“‘你已经被欧洲人的思想俘虏了，你怕什么呀？’”

“‘我不想和你谈什么勇敢精神，而只是要把实力摆出来，否则，谈什么都是空洞的。现代科学决定了一切，谁能够掌握它，谁就能够取得最后的胜利。’”

“‘我们不说这些大道理吧。你说，你能够给我们资助吗？’”

“我也不想多说什么了，便取出支票，给了他与巴拉罕相同的数目。他立刻喜笑颜开。我送他出门，当我回来时，看到一个老太婆把我的双手紧紧地拽住，我以为自己面临着突如其来的性骚扰呢，正要喊叫起来，那个老太婆摘掉了头上的假发、黑色的眼镜，原来，他是阿达扬！他露出笑容说：‘你又拿出来那么多的钱支援他们打败以色列？你如果拿同样多的钱去贿赂以色列的领导人，那么，他们也会为你卖命的！我当然是在开玩笑了。’”

“‘你们以色列人怎么就那么不值钱？你是不是一直在跟踪我？’”

“‘阿拉伯人真是太愚蠢了，难道你没有听说“地球村”这个词？世界已经变化得越来越小了，只要掌握了先进的科学技术，在这个“地球村”里就没有什么探听不到的。’”

“‘你听到了我和达亚之间的谈话？’”

“‘当然听到了，你们的谈话我十分感兴趣。’”

“‘你不要对我说他是你们的走狗。’”

“‘这是不可能的事情，如果他知道我在这里，他就会派人暗杀我的。'"

"'那么，你对他怎么看？'"

"'他也许用不了一年或者两年就会成为一个领导人。但是，你们的人民已经感到不耐烦了，甚至愤怒了，觉得腐朽的制度正在绞杀他们的尊严，正在吸吮他们的鲜血，急切地盼望着进行全面的变革，从根本上改变现有的一切。达亚是个称职的领导人才。'"

"'难道这不会使你们心惊胆战吗？难道你们就不怕他能够成功？'"

"'我们不会给他机会的。当他当上总统时，我们就挑拨两派打内战，让国家的武装力量瘫痪。我们的办法是通过第三方同时向两派提供武器、装备，然后，挑拨他们之间的关系。'"

"'你为什么向我透露这些秘密？'"

"'第一，你的努力实际上是徒劳无益的，没有什么人能够相信你；第二，你这个人太天真了。我们从来就不相信个人的权威，不害怕任何以个人名誉搞的运动，因为这样的运动总是以个人的失败而宣告结束。我们与个人打交道非常有经验，只要了解他的特点、弱点就可以了，每个人都有弱点，致命的弱点往往不攻自破。比如，你的朋友萨拉丁吧，我们早就了解他特别贪图钱财，于是，我们就安排几个人当他的顾问，找机会为他提供钱财，博得他的欢心。他得到我们的钱财，就放松了对我们的警惕。再比如你的朋友巴拉罕，我们了解到他有强烈的权欲，于是，我们就派遣特工打入他们的内部，并且鼓动人们在大街小巷画满他的画像，到处树立巨大的雕像，以满足他的虚荣心。这样一来，他成天沉浸在自我陶醉之中，从而放松了对我们的警惕，也就不成为我们的危险了。'"

"多么可怕的阴谋诡计！多么危险的潜移默化！于是，我想到必须提醒达亚注意以色列的任何阴谋。我和他进行了长时间的谈话。我说：'达亚兄弟啊，你能不能听我的忠告？'"

"他笑了，说道：'你是不是要和我讲条件、价钱，以换取你对我们的支持？'"

"'没有什么条件，也没有什么价钱，只是真诚的忠告。'"

"'非常欢迎！'"

"'你一定要从萨拉丁和巴拉罕的经历中汲取深刻的教训，你们和巴拉罕之间的斗争是长期而艰巨的，要想战胜他也不是轻而易举的。你要了解你的部下，教育他们是为了安拉而战，你们的战斗是合法的，是正义的。你自己更加要为战士们做表率，为人要清廉，不贪图任何名誉、地位，不受任何诱惑，特别要警惕以色列的阴谋。'"

"我看到他的脸色在不断剧烈地变化着。他停顿了一下，说道：'真理就是真理，否则，就失去正确的方向。我记着你的话，就请你放心吧。'"

“我离开了他，刚回到旅馆，便看到阿达扬坐在太师椅上，摇头晃脑地对我说：‘你徒劳无益呀，教授！’”

“我十分生气，说道：‘你怎么老是跟踪我？’”

“‘在我离开你之前，我还要告诉你一个天大的秘密，我们只是担心民主，如果我们的敌人真正实现了民主，那么，我们就快完蛋了。但是，你们的民主在哪里？’”

“我不再理睬他。可是，我的心却被他的话搅拌成一团麻，剪不断，理还乱。难道我们就没有民主吗？欧洲的民主是可以理解的，可是，什么东西阻挡了阿拉伯国家实现真正的民主？一个人不可能振兴阿拉伯民族。计划经济、市场经济？专制主义、民主协商？各个国家的情况不同，每个领导人都有自己的特点，政策的失误，命运的安排，机会的错过。关于民主的论述、文章、书籍多得一百年也看不完，关于民主的讨论一百年也进行不完。但是，时不待人，像我这样的教授，就是一辈子琢磨民主问题也未必能够理出个头绪。我又想到思想库，这是个好办法。”

“我挑选了一些优秀的阿拉伯青年人，给他们规定具体任务，在指定的一年时间内选定最适宜的阿拉伯国家进行民主试点。”

“在这期间，穆赫塔尔成为阿拉伯国家联盟的秘书长。他是我的一个朋友，他委派我任阿拉伯联盟驻华盛顿的特命全权大使。我对他说我并不适合做外交工作，但是，他坚持他的决定。我自己也没有能力拒绝这个民族的重任，何况是我的一个老朋友的安排。我上任了，每天举行一次记者招待会，至少有一个新闻记者参加，每个星期我都要做至少四个小时的报告，至少有四个在我那里工作的人听我的报告。我埋头苦干，写没有人能够看得懂的文章。一个战士是用手中的枪为祖国服务的，记者用笔，而外交官却用胃口，不少外交官为此而光荣献身。我如同沙漠中的旋风，从一个宴会到另外一个宴会，来去匆匆。我成为一个食客，只是知道哪里有好吃的。我的体重在增加，我的智慧在降低，衣服换了不知有多少。如果你想知道一个外交官的艰苦，只要你想想他在一天的时间里吃了日本饭，又吃法国大餐，还吃中国烤鸭，再吃埃及的烤全羊……他能够受得了吗？你也许会问，你难道不能谢绝吗？这个问题的提出就说明你对于外交官的工作一窍不通。历史上曾经发生过多少次因为不参加宴会而出现的国家之间的隔阂，甚至冲突。作为一个大使，出席不出席宴会，吃不吃饭是一个国家的态度问题、立场问题、关系问题。”

“我也不仅仅是一个食客，还是世界上唯一一个预测到侵略科威特的人。而且，我的预测就是通过参加宴会得到的。当时，我正在一个拉丁美洲国家工作，出席了科威特大使的一个招待会。我发现伊拉克大使也出席了这个宴会，但是，他却不像我，不吃也不喝。我感到非常奇怪，因为他原来一直都是在招待会上狼吞虎咽的主儿。我靠近他，说：”

“‘大使阁下今天这是怎么啦？不吃不喝的。’”

“他说：‘我还没有接到命令。’”

听了他的话，我的脑海中翻腾起波浪，立刻警惕起来，便试探着说：‘那么，你自己决定吧。科威特的饮食还是不错的，能够提神、健脑、舒胃。’”

“他接受了我的劝告，勉强吃了一点儿，口中却念念不忘地说道：‘我还没有接到命令。’”

“我看到他神色慌张、心不在焉的样子，进一步感到有极其重要的事情要发生，便急忙跑到科威特大使面前，说道：‘伊拉克大使不吃不喝……’”

“科威特大使说：‘只有在爆发时，他才能吃喝。’”

“我说：‘大使阁下，这是极其危险的动向，让我们通过法庭来扭转它吧，任它发展下去是无益的，现在我们必须弄清楚。’”

“科威特大使说：‘现在已经无能为力了。’”

“是啊，我们现在生活在一个非常危险的世界里，到处都是战争。整个世界都被原子武器包围着，共和国在分崩离析，难道你能够在这样面临全面崩溃的地球上安稳地做你的第九或者第十秘书吗？”

“我认为：在衡量一个外交官的资格时，干脆使用重量标准算了，那就是体重达到九十公斤的为参赞，一百零五公斤的为公使衔参赞，超过一百二十公斤的为特命全权大使。但是，大部分国家拒绝这个标准，因为，他们已经使用这个标准衡量军官了。如果用这个标准来衡量军官，同时又衡量外交官的话，那么，第十世界国家的大部分人就会饿死了。”

“我写过一本书《官僚主义正在扼杀白宫》，已经发行了几千册。这是一本描写官僚主义如何使每一个美国总统麻痹、瘫痪的有趣的书。官僚主义要么使总统完全陷入细枝末节中，要么使总统对于所有的事情一知半解。当你发现他工作十分卖力时，官僚主义就会用各种烦琐的事情累死你，当你发现他工作拖沓敷衍时，官僚主义就会用各种手段使你对什么事情都不知道。美国的官僚主义就是使用各种繁文缛节使艾森豪威尔下台了，后来，他只能到伊斯坦布尔打高尔夫球。肯尼迪怎么样呢？官僚主义发现他喜欢女人，便安排许多漂亮的女人在白宫的各个部门工作，于是，肯尼迪得意忘形，整天与美丽的女人鬼混，耗损了许多精力。约翰逊患有心脏病，反对派获悉了这个重要的细节，便每天安排成千上万个‘重要’的案件让他处理，每半个小时安排一个报告，每一分钟安排一个记者招待会，官僚主义向他传送每一个微小的请示报告，比如，在美国侵略越南时，向他报告：‘总统先生，我们今天需要增加五个士兵。’他看了报告，签名；‘总统先生，我们今天需要增加三个军官。’他看了报告，签名；‘总统先生，我们今天需要增加九架直升机。’他看了报告，签名；当越南战争还需要五十万美国士兵时，约翰逊决定辞职下台。福特上台了。”

“但是，福特也没有能够摆脱官僚主义的怪圈。他每天都在折腾，察看飞机的舷梯、白宫的人口、办公室的情况、浴池的安全……吉米·卡特来了，他是个工作狂，每天工作二十三个小时，他的口号是‘我不睡觉’。他每天都要阅读一百万页文件，仔仔细细地阅读，他得了精神恍惚症。他的继任者是里根，这个人每天工作不到半小时，其余的时间就准备各种各样的报告、骑马、修剪花草树木、观看旧电影，官僚主义使他荒废了一切。有人为他准备了一些小纸片，他就是凭这些小纸片工作和说话。他的背后经常站着两个军官，一个专门拎着一个黑皮包，里面装着核战争的钥匙——不是什么真正的钥匙，而是军事密电码；另外一个军官专门拿着一个箱子，里面是先进的设备，以应付总统可能遇到的任何突发事件。官僚主义了解到布什在外交领域十分活跃，而在内政方面却是懒惰，于是，人们为了迎合他的这个特点，就让他在国外埋头苦干，而让他在国内无所事事——允许他打赢海湾战争，却不向他提供任何经济信息。克林顿……”

“我的朋友纳赛尔总统和萨达特总统都是被官僚主义害死

的，虽然他们一个患心脏病，一个被杀手打死。但是，他们真正的死因应该归结于官僚主义。纳赛尔总统整天投入到工作当中，每天都有成吨的文件送到他的家中，他只能拼命地工作，直到翌日凌晨。文件排山倒海般汹涌而来，他只有埋头苦干，不断地签字。他都签什么字？‘任命阿里为军队上尉的共和国令’‘关于延长军队参谋长任期的共和国令’‘关于向烈士遗孀发放补充津贴的共和国令’……”

“我曾经对他说：‘这些文件会害了你，你把它们扔到窗外面去吧，或者就放在一边吧，或者让别人去处理吧。’但是，他没有听从我的劝告——如果他能够听从我的建议，就会改变历史的进程。他派遣了七千士兵到也门，因为他为也门伊玛目艾哈迈德写了不健康的诗歌攻击社会主义而恼怒。我对他说：‘总统阁下，这样的诗歌是憔悴而无力的，如果说它是一种自我保护的诗歌，那么，它就是无害的。’他没有听从我的苦口良言。至于萨达特总统，我的朋友，也没有听从我的劝告。他刚刚当上总统就把官僚主义者们集中在共和国宫的花园里，对他们说：‘你们这些功利主义者、教条主义者，手中掌握着各种权力，但是，你们不要以为我是个软弱的总统、一个能够讨好、献媚取宠的总统，我是最后一个法老！你们假如胆敢违背我的意愿，我就把你们扔进烤肉炉子里面去。我命令你们开放，因为那是正确的；我命令你们吃鱼子，因为它可以消除因为蚕豆而带来的消化不良；我命令你们去读海卡尔的《直截了当》，因为他是我亲爱的朋友，他曾经受到亨利的接见；我命令你们向我提供材料、情报、报告，因为我想得到最翔实的东西。’萨达特是个生活有规律的人，他每天散步三个小时、沉思默想四个小时、细嚼慢咽五个小时、午睡五个小时、和奥斯曼·艾哈迈德·奥斯曼闲扯一个小时，至于其余的时间，则洗澡、休息。他并不看什么文件，结果，他签署了《戴维营协议》，却并不知道里面有什么内容；结果是他的内政部部长在一天的时间里面逮捕了一千五百名领导人士，而他却不知道都是谁；结果是他并没有看提醒他注意安全隐患的报告，而随意登上了检阅台……”

“我在这期间完成了关于建立新的民主思想库的工作，其中心就设立在第六十军团。为什么要设立在第六十军团呢？因为经过我多方面的观察、了解，这个军团已经初步具备了建立思想库的条件，其议会民主的传统可以追溯至十九世纪，有四十种报纸，有多个党派同时存在，它的领导者年龄超过九十岁，不拥有核武器。”

“我想到这里，立刻中断了在美国的外交工作，直接到第六十军团，与老年的领导人和各个党派的领导人进行了长时间的会谈，我交给老年领导人五亿美元，以换取他自动下台。我马上宣布他已经辞职，并且宣布进行自由选举新的领导人，着手考虑制定完全自由民主的宪法。我认为这是我一生中最辉煌的时刻、最关键的举动，所以要全力以赴。感谢安拉，我看到了第六十军团产生了真正的民主，这是命运的安排，这里没有国家安全法庭，没有军事法庭，没有走私、贿赂，可以随意批评国家领导人，可以游行示威抗议，允许党派自由活动、随便组成工会组织……所有的一切都表现在《联合国人权宣言》当中。我把它们都写进《第六十军团的宪法》中。”

“一切事情如愿以偿，人民尝到了民主的甜头，无比欢欣鼓舞。于是，我心安理得地回到美国。正当我得意忘形时，传来了消息称，第五十军团取得了革命的胜利，达亚夺取了政权。在世界人民革命历史上，自从法国大革命以来，还没有这样的革命，没有进行军事暴动，没有个别人的阴谋诡计，成千上万的人走上街头欢呼革命胜利成功。人们高喊‘安拉最伟大’‘达亚万岁’，他们面对枪弹毫不动摇，警察没敢放枪。成千上万的人啊，旧制度被推翻了，新制度建立起来，达亚成为这个光辉的伊斯兰革命的最高指导者、领导人。”

“革命胜利后的几个星期后，我去祝贺达亚。我惊奇地看到他在飞机场迎接我，他几乎没有什么变化。没有卫兵，没有仪仗队，他显得很沉着、冷静、豪迈。我们之间进行了有益的长时间谈话。我说：‘尊敬的领导人阁下……’”

“他连忙打断我的话，说道：‘没有必要这么称呼。’”

“‘你说得对，达亚兄弟，你实现了这个世纪的第一次人民革命，取得了历史性的胜利！我们不能让巴拉罕掠夺这个成就。’”

“‘不能让这个不相信我们宗教的家伙熄灭安拉的光辉。’”

“‘你说得对，但是，他能够在你站稳脚跟之前毁灭第五十军团。’”

“‘我们有伊玛目的言论指导。’”

“‘这个我知道，但是，当战争在第四十九军团和第五十军团之间爆发时，伊玛目的言论将难以制止屠杀。’”

“‘你应该改变你的观点。’”

“我没有能够说服他，我的努力失败了。我这时相信阿达扬的预言将要应验了，因为他已经找到了这个领导人致命的弱点：他喜欢报复、无休止的报复。我怀着无限失望的悲伤心情回到美国，遇到比悌·缌悌以后，才慢慢地好转起来。她是罕克·缌悌的妻子。我们是在得克萨斯养牛场主人、石油大王、百万富翁哈尔富尔德的家里认识的。她当时三十岁。她的丈夫六十岁，这个年龄段的人不年轻，也不年老，充满了生机和魅力，喜欢玩网球和高尔夫球，心里面却想着别的女人。”

“比悌·缌悌非常漂亮，生机勃勃，她属于我们的那种脸色洁白红润的人，体态轻盈，幽默风趣。但是，她也有寂寞孤独的时候，因为她的丈夫整天忙于赚钱，经常忽略她的存在。他们夫妻俩在一个床上共度良宵一年最多只有一次，她的性欲非常强烈，一年最多只有一次距离她的要求简直差了十万八千里！我们是在得克萨斯养牛场里面相遇的，那是一个多么浪漫的月光盛宴！可是，好像只有我是孤身一人。养牛场主人、石油大王、百万富翁哈尔富尔德盛情邀请我参加他每年八月在那里举行的月光盛宴，但是，我一直忙于我的革命事业，每次都谢绝了。现在，我怀着无限失望悲伤心情回到美国，无所事事，整天愁眉不展，只想潇洒潇洒。”

“宴会在宽阔的养牛场进行，应邀出席宴会的有九千五百人，这个数目对于得克萨斯的百万富翁来说还是一个小数目。宴会盛况空前，有的在狼吞虎咽，有的在唱歌跳舞，有的在声嘶力竭，有的在窃窃私语。尽管如此，宴会场地并不显得狭窄，比第十世界的场地广阔多了。我独自一人在那里散步，离开喧闹，沉入遐想。天气比较炎热，但是月色很美。突然，我发现在一个人工湖泊的岩石上坐着一个人，周围烟雾缭绕，不是被燃烧了，而是有人在抽烟，不停地抽烟。在空旷的地方抽烟是容许的，我感到奇怪，便慢慢靠近那个地方。我仔细看去，意外发现那是一张非常熟悉的脸，经常在报纸、杂志上出现的脸。”

“我说：‘得克萨斯的月亮和得克萨斯一样大。’”

“她转过身来对我说：‘你不要和我谈得克萨斯的月亮，我更加喜欢蒙特利尔的月亮。’”

“‘蒙特利尔的月亮？为什么？’”

“‘因为我是从那里来的，我只是在认识了罕克·缌悌以后才了解得克萨斯的。’”

“‘真奇怪啊，这个世界真是小！美丽的脸色洁白红润的夫人，我就曾经在蒙特利尔的诊疗所里治疗神经病。’”

“她笑着说：‘你治好了吗？’”

“‘这是个值得研究的问题，就像屠杀无辜的人民。我的夫人，请容许我来介绍我自己，我是教授，阿拉伯民族的大使。’”

“她又笑了，说道：‘这个世界真是小！我听罕克·缌悌提起过他在哈尔富尔德看到过你，他说你给他留下很好的印象。’”

“‘我的夫人，他也给我留下很好的印象。’”

“‘你请坐吧，座位是为两个人设计的。’”

“‘我这样的体态？’”

“‘罕克·缌悌那样的体态只能容下他一个人。’”

“‘谢谢你的赞美。’”

“‘你想抽烟吗？’”

“‘如果你不反对的话，我可以抽烟。’”

“‘我当然不反对。’”

“‘你怎么一个人在这里？’”

“她沉默了，抽出来一支烟，冷静地点燃，抽了起来，说道：‘我在这个人工湖泊的岩石上抽烟呀。’”

“‘你没有回答我的问题，这就叫作词不达意。’”

“‘你的真正想法是我为什么一个人在这里。’”

“‘是的。’”

“‘我必须回答吗？’”

“‘不，我不能强迫你回答。但是，我想提醒你，我这个人曾经因为那些漂亮的女人没有回答我的问题而屠杀了她们，因而我被送进了蒙特利尔的诊疗所。’”

“‘你说服了我，我在这里一个人待着是因为我讨厌罕克·缌悌，讨厌他的宴会、他的客人，讨厌那些思维能力堪与那些牛的水平相比的人们！’”

“这回轮到我沉默了，我用力抽烟，想了想，说道：‘是不是有人对你说过，你这个人并不适宜做外交工作？’”

“‘那么，你又在这里干什么呢？’”

“‘我正在这个人工湖泊的岩石上抽烟，倾听罕克·缌悌夫人说她讨厌她的丈夫呀。’”

“‘你这个人还挺幽默的呢。’”

“‘我其实不讨厌那些人，只是怕他们。’”

“‘怕他们？为什么？’”

“‘集会的人藐视单独的人，我是个单独的人，心里充满了各种各样的担忧，面对他们的欢声笑语，我只有浑身冒汗，手冰凉，心跳加剧，口干舌燥，难以启齿。’”

“‘难道你想勾引我吗？’”

“‘我不是在心里想勾引你，我是认真的。’”

“‘我和你都快要崩溃了！’”

“‘那就让我们一起崩溃吧！’”

“‘为什么不？’”

“我这时不顾一切地上前亲吻了她。得克萨斯的月光熔融了整个夜空。说实在的，自从和阿芙拉分手以后，我就没有真正尝到过爱的滋味！也许就是这个原因才使得我如此冲动。后来，我们每次接触就这样疯狂的接吻。”

“这时，战争在第四十九军团和第五十军团之间爆发了。我去看我的战友，这次，达亚没有在飞机场迎接我，而是在几个小时以后在前线的一个军事帐篷里接见了我。我说：‘你现在还穿着你的旧衣服，没有穿军装。’”

“他开怀大笑，说道：‘我不是军人，我不想穿军装。你这次来是不是要和我们一起庆祝胜利？我们的军队已经轻易地攻占了第四十九军团的阵地。’”

“‘实际上我这次来是为了停火。’”

“‘是他们首先开始进攻我们的，我们只是自卫还击。’”

“我们现在不是在人权学院讨论国际法的观点，也不是在国家司法部的法庭上来讨论谁是谁非。我们正面临着毁灭一切的战争；难道就没有停战的可能吗？哪怕是暂时停战？’”

“‘什么？停战？和背信弃义的人讲停战？’”

“‘双方死伤的都是穆斯林兄弟啊。’”

“‘伊玛目说过：“穆斯林为了自己的信仰而战斗，哪怕那里有他的亲戚、部落、钱钞、买卖”啊。’”

“‘如果这里没有可能停战，那么，我就回去了。’”

“他热情地和我握手、道别，说道：‘教授，那么就让我们在第四十九军团的基地会面吧！’”

“我无可奈何地回到美国，回到罕克·缌悌的妻子身边。在一个寒冷的日子里，我和她在一起，罕克·缌悌到远东去了，估计要几天才能回来。我和她在卧室里面做爱，没有想到罕克·缌悌突然打开了房门！当他看到我时，竟然急忙退了出去。半分钟以后，罕克·缌悌又出现了，手中拿着一支手枪，没有等我开口，黑洞洞的枪口就已经对准了我的胸口。没有想到他的枪法竟然比萨拉丁的枪法准多了，我急忙躲闪，来不及了，只觉得右肩膀上火辣辣的疼痛，接着，我觉得我的左肩膀也火辣辣的疼痛。我几乎没有听到枪声，却几乎要昏倒。正在这时，一张巨大的床带着我穿过墙壁，腾空而去。这时，我才发现我的左边是床铺，而右边是电炉，原来都是我的妻子。”

“没过一个星期，我就痊愈了。我对我的两个妻子说：‘我不知道那个狗崽子为什么开枪打我？’”

“她俩笑了起来，也不说什么，都争着抢着和我做爱。不一会儿，就把我折腾的死去活来。如果没有电疗和太空的经历，我早就不行了。电炉说：‘你为什么不和我到精灵的世界里去生活？’床铺说：‘你为什么不和我在一起？’”

“我说：‘你们俩都给我住嘴！我的使命还没有结束呢！’”

“电炉说：‘你失败了，萨拉丁成了以色列的朋友，巴拉罕成了以色列的盟友。’”

“床铺说：‘而达亚正在致力于进行毁灭自己人民的战争。’”

“我说：‘不过，我还有第六十军团，它是地道尽头的亮光、黑暗中的希望之光，民主的星星之火，只要第六十军团还在，希望就还在。’”

“床铺对电炉说：‘快告诉他吧。’”

“电炉对床铺说：‘还是你告诉他吧。’”

“我说：‘你俩在这儿嘀咕什么呢？’”

“电炉只得说：‘第六十军团现在随时有可能发生军事暴动！’”

“我一听她的话，肺都要气炸了，吼道：‘你撒谎！’”

“床铺说：‘她说的是事实啊！’”

“我问：‘你们怎么知道的？’”

“电炉说：‘我的人已经获得准确的消息，称存在着一个阴谋。’”

“床铺说：‘在第六十军团内部发生军事暴动，你是不是就承认你的努力失败了？’”

“我说：‘那我得承认。’”

“电炉急忙说：‘那么，你不如现在就准备和我到精灵世界去安度晚年吧。’”

“床铺说：‘那怎么行。你得和我到太空去安度晚年！’”

“电炉说：‘咱们就别争了，二一添作五，让他六个月跟我，另外六个月和你过，行不行？’”

“我说：‘你们俩倒是计划得挺周全的，就不问问我的意见？’”

“电炉说：‘问你还有什么用处？你在地面上还能干什么？你的政治计划已经全部失败了！’”

“床铺说：‘你对你的商业也已经厌倦了。’”

“电炉说：‘人类的妻子很危险，她们的丈夫会杀死你的！’”

“床铺说：‘你现在已经一无所有了，只剩下你的文学计划了。我们那里是最好的地方，你可以在那里摆脱人间的烦恼，专心致志地写作。’”

“电炉说：‘你不要忘记天才，那里未来的朋友们都是你的天才朋友。’”

“我沉思默想了一会儿，觉得她们的话非常在理。是啊，事到如今，我还待在这个世界上干什么呢？第六十军团是我的最后的期望，如果他们那里真的内部发生军事暴动，那么，我这一生中最大的愿望就彻底破灭了，在这个世界里确实没有什么盼头了。可是，在精灵的世界里难道就没有竞争了吗？在太空中就没有忌妒、猜疑甚至斗争了吗？女精灵的纠缠，彼此间的钩心斗角，烦琐的应酬、打点、安排，足以使你上气不接下气。可是，思想计划还没有结束，于是，我和电炉、床铺达成了协议：如果在第六十军团内部真的发生了军事暴动，我就跟她们走。”

“后来，我的电脑波也测到了准确的信息，证实了第六十军团内部确实存在着发生军事暴动的阴谋！我曾经为了避免发生这一切不尽人意的事情而全力以赴，企图组成有正确思想的主席、总理、部长、议长的新的国家，但是，好像真正具有正确思想、路线、方针的知识人才不在我们这个世界里，而是在另外一个世界里。恍惚中，我似乎听到了他们的声音：真正的民主国家里面的人民在享受着真正的民主，群众的武器是他们的利益，群众的力量是无穷的……”

“阿达扬是在第六十军团内部发动军事暴动的阴谋的策动

者，我用了五亿美元去建设民主，却没有起什么作用，而他仅仅用了五百万美元就要成功地把我梦寐以求的民主梦想给毁灭了！”

“万般无奈，我决定将要和电炉、床铺一起生活。我们将在一起从事文学创作，并且把我的故事取了个动听的名字——《欧斯福利亚》。”

“我曾经一开始就和你说，我不是病人。不过，听着，如今，电炉和床铺都已经怀孕了，有一天，你将会看到从天上降落下来半人类、半精灵的孩子，那就是我的孩子，人们会问他们的父亲的经历……”

“教授，我们已经聊了二十多个小时了，您是不是已经疲惫不堪了？”

“聊了二十多个小时怎么能够容纳下这么多的奇闻逸事？卡斯特罗同志在联合国大会上一讲就是五个小时，没有人干涉；赫鲁晓夫同志……”

“教授，还是就此罢休吧。”

“好吧，不过，我们休息二十个小时以后再继续聊天，如何？”

“好的，好的！”

萨米尔·萨比特大夫收起了他的文件，放进他的文件夹中，口中喃喃自言自语地扬长而去，留下教授呼呼大睡。

结　语

萨米尔·萨比特大夫打开诊室门进去，在里面待了几分钟。突然，他惊慌失措地喊叫起来："萨菲格！萨菲格！"

体壮如牛的护士应声跑来了，说道："萨米尔·萨比特大夫，您有什么吩咐？"

"教授！"

"教授？教授怎么了？"

"他怎么不在这里？"

"也许他到卫生间去了。"

"那么，赶快到卫生间里面找找！"

"这是怎么回事儿？"

"听着，萨菲格！你今天早晨听到一些什么消息了吗？"

"关于什么消息？"

“关于军事暴动！”

“在什么地方？是哪一天？”

“好像是什么第六十军团？就是昨天晚上！坏了！教授和电炉、床铺一起飞走了！”

“您是不是生病了？怎么胡说八道起来了！什么电炉、床铺的？”

“教授的两个妻子——他娶了电炉和床铺为妻。他们一起到精灵世界和太空去了！”

“萨米尔·萨比特大夫，您就别再捉弄我了，您还是喝点儿水镇静一下吧。”

“我什么也不喝，连茶也不喝！教授走了，和他的电炉、床铺一起走了！”

体壮如牛的护士萨菲格胆战心惊地往后退，迅速离开萨米尔·萨比特大夫，他边跑边喊道：

“萨米尔·萨比特大夫疯了！”

萨米尔·萨比特大夫坐在走廊的地上，一会儿哈哈大笑，一会儿痛哭流涕，口中反复地念叨着：

“您失踪了，教授！誓以安拉，您失踪了！您失踪了！”

后　记

我 1961 年进入北京大学东语系学习阿拉伯语，毕业后一直在外交部系统工作，到退休年龄时，我还在驻伊拉克使馆忙活。由于对阿拉伯文学的喜好，促使我长年关注阿拉伯著名作家及其代表作。

我的启蒙老师马坚教授是著名的伊斯兰学者、阿拉伯语言学家与翻译家。他自 1946 年起，就长期担任北大东语系阿拉伯语教研室主任。他著作等身，主要译作《古兰经》《伊斯兰哲学史》《阿拉伯文学概况》等，并主持编写了首部《阿拉伯汉语词典》。

尤其要提到的是，他用现代汉语翻译的《古兰经》，由沙特麦地那印经局出版阿汉对照本，发行至伊斯兰世界各地，好评如潮。

马坚教授治学严谨，曾表示矢志不渝在国内推广阿拉伯语，译介阿拉伯名著。他身体力行实至名归。

近年来，阿拉伯语学界，名师出高徒，代代有精英。我的老师仲跻琨教授即为出类拔萃者之一。他在长达半个世纪中，致力于阿语教学、科研与文学传播，作出了重大贡献。他著作等身，成果丰硕，获得“谢赫·扎耶德图书奖——第五届文化人物年度奖、第四届沙特阿拉伯“阿卜杜拉国王国际奖之荣誉奖”、对外友协中阿友谊贡献奖等。

仲跻琨老师曾说过：“在我看来阿拉伯文学不啻是世界文学宝库中的一块瑰宝，一块璞玉，我们要想方设法把这块璞雕琢成璧，献给中国人民。这种雕琢过程就是翻译。”

时光荏苒，不忘初心。作为阿拉伯语工作者，我的师友们倾注毕生心血，在外交、经贸、文化诸方面都殚精竭虑、尽力奉献，成就卓越。

多年来，我在工作之余，亦笔耕不辍。译著出版了近 30 本书，达 500 余万字。

感谢五洲传播出版社，感谢杨平先生为我提供机会，再版《欧斯福利亚疯人院》，向广大读者奉献沙特名家名著。为增进中国与阿拉伯世界的友好关系添砖加瓦，奉献绵薄之力。

解传广

2021 年 2 月